हिन्द पॉकेट बुक्स

इश्क़ अल्लाह!
हक़ अल्लाह!

अमृता प्रीतम पंजाबी के सबसे लोकप्रिय लेखकों में से एक हैं। अमृता प्रीतम का जन्म 1919 में गुजरांवाला पंजाब (भारत) में हुआ। उनका बचपन लाहौर में बीता और शिक्षा भी वहीं हुई। किशोरावस्था से उन्होंने लिखना शुरू किया। उन्होंने सौ से अधिक कविताओं की पुस्तकें लिखीं, साथ ही फिक्शन, बायोग्राफी, आलेख और आटोबायोग्राफी लिखकर साहित्य में नया मुकाम हासिल किया। इनकी तमाम पुस्तकों का कई भारतीय भाषाओं सहित विदेशी भाषाओं में भी अनुवाद हुआ। अमृता प्रीतम पहली महिला लेखिका हैं, जिन्हें 1956 में साहित्य अकादमी पुरस्कार मिला। 1982 में उन्हें *काग़ज़ ते कैनवास* के लिए ज्ञानपीठ पुरस्कार मिला। 2004 में पद्मविभूषण भी प्रदान किया गया।

इश्क़ अल्लाह!
हक़ अल्लाह!

अमृता प्रीतम

हिन्द पॉकेट बुक्स
पेंगुइन रैंडम हाउस इम्प्रिंट

हिन्द पॉकेट बुक्स

यूएसए | कनाडा | यूके | आयरलैंड | ऑस्ट्रेलिया | सिंगापुर
न्यू ज़ीलैंड | भारत | दक्षिण अफ्रीका | चीन

हिन्द पॉकेट बुक्स, पेंगुइन रैंडम हाउस ग्रुप ऑफ़ कम्पनीज़ का हिस्सा है,
जिसका पता global.penguinrandomhouse.com पर मिलेगा

पेंगुइन रैंडम हाउस इंडिया प्रा. लि.,
चौथी मंजिल, कैपिटल टावर -1, एम जी रोड,
गुड़गांव 122 002, हरियाणा, भारत

पेंगुइन
रैंडम हाउस
इंडिया

प्रथम संस्करण हिन्द पॉकेट बुक्स द्वारा 2001 में प्रकाशित
यह संस्करण हिन्द पॉकेट बुक्स में पेंगुइन रैंडम हाउस द्वारा 2022 में प्रकाशित

10 9 8 7 6 5 4 3 2

इस पुस्तक में व्यक्त विचार लेखक के अपने हैं, जिनका यथासंभव तथ्यात्मक सत्यापन किया गया है, और इस संबंध में प्रकाशक एवं सहयोगी प्रकाशक किसी भी रूप में उत्तरदायी नहीं हैं।

ISBN 9789353497385

मुद्रकः रेप्रो इंडिया लिमिटेड

www.penguin.co.in

FSC www.fsc.org
MIX
Paper from responsible sources
FSC® C047271

This is a legitimate digitally printed version of the book and therefore might not have certain extra finishing on the cover.

आदिकाल की वारदातें

इश्क़ अल्लाह ! हक़ अल्लाह !

आदिकाल
की
वारदातें

एक युग का इंतज़ार

सीताहरण के बाद, राम का जो युद्ध रावण के साथ शुरू हुआ, उस युद्ध में दो राक्षस थे:अहि रावण और महि रावण:जो रावण की सेना में थे और उन्हें मारना मुश्किल हो गया, क्योंकि उनके बदन का ख़ून जहां भी गिरता था, वहां और कई अहि रावण और महि रावण पैदा हो जाते थे।

हनुमान को पता चला कि कहीं कोई अमृत-कुंड है, जहां भौंरे उस कुंड की रखवाली करते हैं, जो किसी को कुंड के नज़दीक नहीं आने देते। पर अहि रावण और महि रावण ने किसी समय इतनी साधना की थी, कि देवताओं ने उन्हें वर दे दिया था कि अमृत-कुंड हमेशा उनकी रक्षा करेगा, वे मर नहीं सकेंगे, इसलिए भौंरे उन दोनों पर कुंड से अमृत लेकर छिड़क देते थे...

और हनुमान को पता चला कि पाताल लोक की राजकुमारी चंद्रसेना उस कुंड का पता जानती है। वह चंद्रसेना के पास गया, तो उस सुंदरी ने एक शर्त रखी—मैं अमृत-कुंड का पता बता दूंगी पर अगर हनुमान राम को मेरे घर ले आए। मैं राम से विवाह करना चाहती हूं...

हनुमान के लिए बहुत मुश्किल आ बनी, वह जानता था कि राम सीता के अलावा किसी स्त्री को अंगीकार नहीं करेंगे, पर युद्ध को जीतने के लिए अहि रावण और महि रावण को मारना ज़रूरी था, जिसके लिए अमृत-कुंड को उनकी पहुंच से परे रखना ज़रूरी था...

हनुमान ने सियासी चाल खेली, कहा—यह मेरा इक़रार रहा कि मैं राम को तुम्हारे घर ले आऊंगा, चंद्रसेना ! पर उसके लिए तुम्हारे घर के मंच पर राम का और तुम्हारा दोनों का इकट्ठे बैठना ज़रूरी होगा। अगर आप दोनों एक बार एक ही मंच पर बैठ गए, तो विवाह समझो हो गया...

चंद्रसेना ने अमृत-कुंड का पता बता दिया। जहां जाकर हनुमान ने कुंड की रखवाली करने वाले सभी भौंरों को मार दिया कि कोई उन रावणों पर कुंड का पानी न छिड़क सके। उस समय भौंरों का राजा हनुमान को कहने लगा—तू अगर मेरी जान बख़्श दे, तो मैं तेरा हुक्म मानूंगा !

हनुमान ने कहा—मैं तेरी जान बख़्शी कर दूंगा, पर तुम्हें मेरा एक काम करना है। वह यह कि चंद्रसेना के घर जाकर उसके मंच को भीतर से बिल्कुल खोखला कर देना है। भौंरे ने हुक्म मान लिया, और चंद्रसेना के घर जाकर, उसके मंच को भीतर ही भीतर से खोखला करने लगा। जब उसने देखा कि सारा मंच ऐसा हो गया है कि ज़रा-सा भार भी सहने योग्य नहीं रहा, तब वहां से उड़ गया।

हनुमान ने इस तरह से अहि रावण और महि रावण से अमृत-कुंड अपहुंच बनाकर दोनों को युद्ध में मरवा दिया। राम की जीत हुई, रावण की सेना हार गई।

इक़रार के मुताबिक़ राजा चंद्रसेना के घर गए, वह खुशी से दीवानी हुई जाती थी, हाथ से इशारा किया कि मंच पर बैठो !

राम ने कहा—अगर तेरा मंच मेरे भार को झेल गया तो मैं बैठ जाऊंगा...

और राम के पैर रखते ही सारा मंच गिर गया।

चंद्रसेना रोने लगी—हे राम ! मेरी ज़िंदगी की एक ही तमन्ना थी कि राम मुझे ब्याह लें ! अब क्या होगा ?

राम ने कहा—चंद्रसेना ! इस जन्म में मैंने एक पत्नी का व्रत लिया हुआ है, पर तेरी इस कामना को देखकर मैं इक़रार करता हूं कि जब मेरा फिर जन्म होगा, तब मैं तुम्हारे साथ विवाह ज़रूर करूंगा।

इस तरह चंद्रसेना एक युग इंतज़ार करती रही। वह त्रेता युग था, राम वाला, फिर द्वापर आया जब राम ने कृष्ण का अवतार लिया और जिस सत्यभामा से विवाह किया, वह वही त्रेता युग वाली चंद्रसेना थी...

कन्या कुमारी

दक्षिण भारत की एक सुंदरी ने कभी शिव की इस तरह पूजा की कि देवताओं ने ज़ब वर मांगने के लिए कहा, तो उसकी एक ही मुराद होंठों पर आई:शिव मुझे ब्याह लें !

देवताओं ने वर दे दिया, और उस कन्या के शिव से विवाह का मुहूर्त निकालने के लिए उस समय के पंडितों से कहा। पंडितों ने मुहूर्त निकाला कि तीन पहर रात गए, यह विवाह हो सकता है, प्रभात समय के बोलने वाले कौए की आवाज से पहले, नहीं तो कभी नहीं होगा...

सुंदरी समंदर के किनारे वाली आख़िरी चट्टान पर खड़ी हो गई—एक हाथ में चावल, और एक हाथ में सिंदूर लेकर...

हर दिव्य घटना से द्वेष करने वाले आदिकाल से ही होते आए हैं, उस काल में भी थे, जिन्होंने कौए की झूठी आवाज़ में जगह-जगह चिल्लाना शुरू कर दिया...

सुन्दरी कन्या ने कौओं की आवाज़ सुनी तो जहां खड़ी थी, वहीं पत्थर हो गई... उसके मुताबिक़ मुहूर्त की घड़ी निकल गई थी...

पत्थर हुई सुंदरी के हाथों से जो शगुनों के चावल गिरे, वही आज समंदर के कंकर बन गए हुए हैं। और दूसरे हाथ से जो शगुनों वाला सिंदूर गिर गया, उसने उस धरती की मिट्टी को लाल कर दिया, जो आज तक लाल मिट्टी है....

अब उस आख़िरी चट्टान पर कन्या कुमारी का मंदिर है, जहां लोग दर्शन को जाते, और चावल चढ़ाते हैं। मंदिर से आए गए को सिंदूर का प्रसाद मिलता है...

हसना, कृष्ण की एक गुमनाम सखी

कृष्ण की सखियों में इतिहास ने एक सखी का ज़िक्र कभी नहीं लिखा—जो काबुल के एक क़बीले की हसीना थी... कोई-कोई उसका नाम भी बताता है:हसना...

कहते हैं—एक मुसाफ़िर के पास कृष्ण की छोटी-सी मूर्ति थी, जो अपनी मुसाफ़िरी के समय, वह हमेशा अपने पास रखता था। उस काल में छोटे-छोटे सौदागर, अपने घोड़ों पर लादकर बड़े शहरों की छोटी-छोटी वस्तुएं ले जाते और दूरदराज़ के क़बीलों में बेचते। तांबे के बर्तन, खुशबूदार तेल की शीशियां, कुछ अंगूठियां, छल्ले और इसी तरह का कुछ और छुट-पुट सामान...

और एक सौदागर के पास हसना ने चांदी की चूड़ी खरीदते हुए, वह कृष्ण की मूर्ति देखी थी। वह बेचने वाली वस्तुओं में नहीं थी, यूं ही उसने मूर्ति को नहला-धुलाकर रखा हुआ था, अपनी पोटली में संभालने के लिए।

वही हसना ने देखी तो कीमत पूछी।

सौदागर ने कहा—यह मेरा देवता है। मैं देवता नहीं बेचता।

हसना उदासीन हो गई। एक-बार तो दिल में आया, वह सौदागर को कहे, अगर नहीं बेचना, तो मुझे उस क़बीले में ले चल, जहां लोग इस देवता की पूजा करते हैं। पर फिर वह डर गई कि अगर उसने यह बात कह दी और सौदागर मान गया, तब उसके अपने क़बीले वाले, उनका पीछा कर, सौदागर को भी मार देंगे, उसे भी...

वह चुप हो गई...

सौदागर अपने रास्ते चल दिया। और वह हसना रोज़ एक पहाड़ी की गुफ़ा में जाकर आंखें मींचकर, कृष्ण का चितवन करती कितनी-कितनी देर बैठी रहती।

धीरे-धीरे सौदागर से सुनी कहानियां उसे साक्षात् दिखने लग गईं...

और वह हसना पता नहीं किस घड़ी कृष्ण की सखियों की लीला देखती, खुद सखी हो गई, और उनमें मिलकर उसी तरह कृष्ण-लीला का हिस्सा हो गई...

धीरे-धीरे क़बीले में हसना के कई-कई घंटे गायब रहने की बातें होने लगीं। उसका पीछा भी होने लगा, और उसकी ग़ैरहाज़िरि में, उस गुफ़ा का चप्पा-चप्पा देखा जाने लगा—जहां ख़ामोश पत्थरों के सिवा कुछ नहीं था....

धीरे-धीरे शक़ो-शुबह बढ़ते गए, कइयों को गुमान हुआ कि पहाड़ी की गुफ़ा में ज़रूर कोई ग़ैबी रास्ता होगा, जहां से किसी दुश्मन क़बीले का व्यक्ति उस गुफ़ा में आता होगा, जो हसना को अपनी मुहब्बत में बांध गया है...

एक दिन हसना उस गुफ़ा में थी, भीतर गई को काफ़ी समय हो गया। उसके बाहर क़बीले वाले चाकू लेकर बैठे रहे; रोज़-रोज़ के इस जंजाल को ख़त्म करने के लिए। उन्होंने आज सोचा था कि हसना को मरवा देना है—और बात ही ख़त्म कर देनी है।

कहते हैं फिर हसना के पिता-भाई को लगा, अपने लोगों के हाथों हसना को मारा नहीं जा सकता और उन्होंने क़बीले वालों को मना लिया कि क़बीले की बेटी को अपने हाथों मार देने के अलावा कोई दूसरा रास्ता निकाला जाए, गुफ़ा का द्वार कुछ पत्थरों से बंद कर दिया जाए। हसना खुद ही गुफ़ा में भूखी-प्यासी मर जाएगी। फिर कुछ दिनों बाद उसकी लाश निकालकर दफ़ना देंगे...

क़बीले वाले मान गए। उन्होंने गुफ़ा का द्वार पत्थरों से बंद कर दिया और अपने घरों की ओर लौट गए।

गुफ़ा के अंदर ध्यान में बैठी हसना को कुछ पता नहीं था, कि उसके साथ बाहर क्या कुछ घट गया है। वह काफ़ी देर बाद कृष्ण की सखी बनकर अंतर-लीला खेलकर, जब होश में आई, तो उसे गुफ़ा से बाहर निकलने का रास्ता नहीं मिल रहा था...

उस अंधेरे में हसना ने बिलखकर कृष्ण को पुकारा... और पता नहीं कितनी देर पुकारती रही...

कहते हैं—अंदर गुफ़ा में कुछ पत्थरों ने गऊ जैसी सूरत अख़्तियार कर ली, जिसके पत्थर के थन भी थे, और जिनसे दूध की धाराएं बहने लगीं...

हसना क़बीले वालों की दुश्मनी रोज़ हल्का-हल्का देखती थी, समझ गई कि गुफ़ा का द्वार ज़रूर उसके क़बीले वालों ने बंद कर दिया होगा...

और जब पत्थरों के थनों से दूध निकलने लगा, हसना हंसी कि आज उसे साकार कृष्ण का दीदार हो गया। उसने पत्थरों से बहता दूध जी भरकर पिया और कृष्ण की सखी होकर गुफ़ा के अंधेरे में नाचने लगी...

यह सिलसिला जाने कितने दिन और कितने पहर रहा कि गुफ़ा के पत्थर एक आंधी आने से सरक गए, इस तरह कि अगर कोई उन्हें भीतर से हिला-डुला देता, तो उन्होंने रास्ता दे देना था।

शायद हसना ने इस तरह ही रास्ता बनाया होगा, और गुफ़ा से निकलकर पता नहीं किस रास्ते से, कहां चली गई, कोई नहीं जानता।

क़बीले वाले सिर्फ़ यह जानते हैं कि जब कुछ दिनों बाद गुफ़ा से हसना की लाश निकालने गए, तो गुफ़ा का रास्ता खुला हुआ था, और अंदर हसना नहीं थी, न जीवित, न मरी हुई...

और क़बीले वालों ने आंखों से देखा कि गुफ़ा के भीतर कुछ पत्थरों से दूध टपक रहा था...

यह सारी कहानी किसी काल की कल्पना नहीं सचमुच में घटी है, क्योंकि गुफ़ा में पत्थरों की गऊ के थनों से आज तलक दूध टपक रहा है...

धीरे-धीरे काल के अंतराल से उस पहाड़ी का नाम गोकुल पड़ गया, जहां कृष्ण गऊएं चराता था, और वहां पत्थरों से टपकता दूध दिखता है।

इस गोकुल को पहली बार सिंध के शाह लतीफ़ ने योगियों के साथ काबुल

में काली मंदिर की यात्रा के समय देखा, और शायरी में गोकुल का ज़िक्र किया, जहां आज भी पत्थरों से दूध टपकता है...

और हसना, कृष्ण की एक गुमनाम सखी होकर, इस धरती पर विचरती रही, पता नहीं कितने बरस, और कहां; तारीख़ सब जानती, खामोश बैठी हुई है...

सिर्फ़ वह गुफ़ा, और पत्थरों से निकलता दूध, उस सखी के इश्क़ की दास्तान सुनाता है... इर्द–गिर्द के लोग अब उस गुफा की जियारत करने जाते हैं; दूध को हथेलियों में लेकर, आंखों पर लगाते हैं, मस्तक पर भी, और घूंट-भर पीते भी ज़रूर हैं।

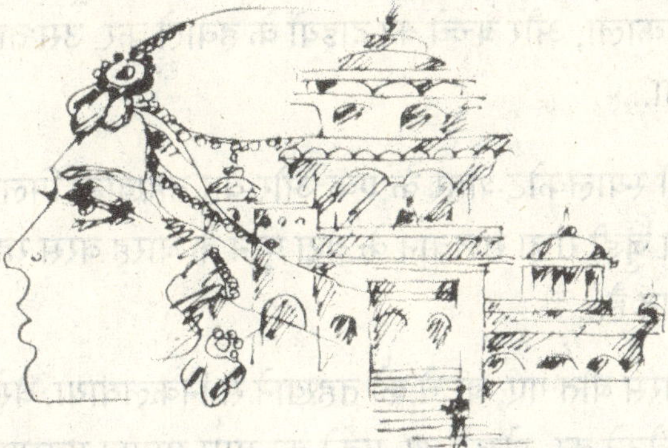

रानी सुंदरा

मिथिहास का जंगल इतना बड़ा और इतना घना है कि सदियां भी इतिहास को ढूंढ़ते बीत जाती हैं, पर मिलता नहीं। इस जंगल में आज भी जाओ तो मिथों से झोली भर जाती है, पर उनसे हक़ीक़त नाम का फल कहीं नहीं मिलता। साल संवत्, जगह, दरियाओं के पते भी पल-पल बदलते हैं—हक़ीक़त का पता-ठिकाना कहीं नहीं दिखता...

ख़ैर कोई रास्ता न देने वाले इस जंगल के किनारे पर खड़े होकर अगर कहानी कहनी हो, तो सीधी-सी बात बन जाती है कि किसी समय स्यालकोट का राजा सलवान हुआ करता था... जिसकी रानी इच्छरां ने जब एक बेटे को जन्म दिया, तो सारा महल दीयों की रोशनी में झिलमिलाने लगा, पर जब ज्योतिषियों ने बच्चे के जन्म का समय देखकर उसकी पत्री बनाई, तो उनकी जीभ डर से सूख गई। पर राजा सामने बैठा था, पूछ रहा था कि यह बेटा मेरी क़िस्मत के लिए क्या होगा, तब ज्योतिषियों ने हाथ बांधकर, सूखे हुए होंठों से कहा—अच्छा होगा, राजा जी, पर बारह बरस बच्चे की सूरत नहीं देखनी !

राजा ग़मगीन हुआ; पर महल से परे पर ज़्यादा दूर नहीं, एक तहख़ाना निकाला, और बच्चे को दाइयों के हवाले कर, उस तहख़ाने में डाल दिया...

अब भी स्यालकोट शहर के एक ओर वह तहख़ाना मिलता है, जिसके साथ जुड़ी राजा सलवान के बेटा पूरन के बारह बरस रहने की कथा प्रचलित है...

बारह बरस बीत गए, बच्चे को तहख़ाने से निकलवाया, वैसे वहां उसके रहने-बैठने का, खेलने का, पढ़ने का सारा सामान मुहय्या होता रहा था। पूरन तहख़ाने से बाहर आया तब भरी जवानी की ओर कदम रखता लग रहा था। बहुत खूबसूरत, जन्म से शहज़ादा। राजा ने शगुन मनाए बेटे को गले लगाया; और वह अपनी मां इच्छरां के महल में रहने लगा... उस वक़्त के आलिम फ़ाज़िल शहज़ादे की इल्मी ताक़त बढ़ाने के लिए रखे गए। घुड़सवारी और तीरंदाज़ी की सिखलाई भी महल में दाख़िल हो गई...

कुछ समय अमन-अमान में बीत गया। कुछ बरस। फिर जब राजा सलवान एक बार शिकार पर गया, तब एक हिरन का पीछा करते हुए दिन ढल गया। वापिस लौटते हुए इतनी प्यास लगी कि रास्ते में आए गांव की ओर रुख किया, साथ में कुछ अहलकार भी, और गांव से बाहर एक कुएं पर एक नवयौवना पानी भरती दिखी। वह लड़की बेहद खूबसूरत, जैसे परीज़ाद हो। राजा ने आगे बढ़कर उससे पानी मांगा। लड़की के हाथ झिझक गए, कहने लगी—राजा जी ! मेरे हाथ का पानी पी लोगे? मैं जाति की चमारिन हूं...

राजा के हाथ एक बार तो घबराकर पीछे हुए, पर दिल और आगे बढ़ा, और उसकी ओर प्यासी आंखों से देखने लगा...

वह लड़की लूणा चमारिन थी। राजा ने रात को वहां ही बाहर की ओर खेमा लगाने का हुक्म दिया, और सुबह होते ही फिर कुएं पर पहुंच गया, जहां अब फिर पानी भरने का समय था...

गांव से लूणा के बाप को बुलाया गया, और राजा ने वह लूणा उससे मांग ली। मोहरों की थैलियां उसके सामने रख दीं, और गांव से वह लूणा को ब्याहकर महल में ले आया... लूणा के लिए अलहदा महल बनाया गया, और महल को सजाने के लिए कई बांदियां लूणा के हुक्म-हासिल में कर दीं।

एक दिन शहज़ादा पूरन, सुबह-सुबह पिता को प्रणाम करने के लिए गया, तब राजा ने हुक्म दिया—बेटा ! अब जाकर अपनी नई मां को भी प्रणाम कर।

पूरन, लूणा के महल में गया, पर जब उसने कहा—माता ! प्रणाम करता हूं, तब लूणा उसकी ओर देखती रह गई। सुंदर जवान शहज़ादा, लूणा का तन-मन तरस गया, उसके लिए। कहने लगी—मैंने तुम्हें कब कोख से जन्मा कि तुम्हारी मां बन जाऊं—तू तो जन्मों का सपना, तेरे लिए मेरी सेज हाज़िर है...

पूरन घबराकर महल से बाहर आ गया, पर उसने अपने पिता को कुछ नहीं कहा कि पिता का दिल टूट जाएगा। वह इस बड़ी उम्र में मुश्किल से खुश रहने लगा है, लूणा को लाकर... इसलिए चुप रहा...

कहते हैं, लूणा ने एक बार फिर कोशिश की, भरोसे वाली बांदी को पूरन के पास भेजा—कि एक बार आकर तपती आत्मा को दीदार दे जा ! पर पूरन नहीं आया...

लूणा का अंग-अंग जल रहा था। रोष में आ गई, बदलाखोर हो गई, और उसने रात को राजा सलवान को सारी बात उल्टाकर कही—राजा तेरा बेटा कैसा है, पिता की अमानत में ख़यानत करना चाहता था, मैंने महल की सीढ़ियों से उतार दिया...

राजा का तन-मन जल उठा, उसने उसी समय ख़ास दरबारियों को बुलाया और कहा—जल्लादों को बुलाओ, वे पूरन को जंगल में ले जाकर उसके टुकड़े-टुकड़े कर, किसी कुएं में फेंक दें...

राजा का हुक्म राजा का हुक्म था। पूरन को जब पकड़कर जंगल में ले जाने लगे—मां इच्छरां के विलाप से महल की दीवारें कांप गईं। पर बात जल्लादों के वश पड़ चुकी थी...

वैसे कहते हैं—जंगल में पूरन को ले जाकर जल्लादों से भी पूरन को मारा नहीं गया—इतना सुंदर शहज़ादा...जल्लाद भी सोचने लगे—कि राजा लोगों की बुद्धि जाने क्या होती है, अपने हाथों से अपने तख़्त को, अपने वारिस को, और अपनी क़िस्मत को जला देते हैं...

पर सुबह होने को थी। हुक्म की तामील होनी चाहिए थी, इसलिए जल्लादों ने पूरन के हाथ-पैर काटे नहीं, सिर्फ़ रस्सियों से बांध दिए और उसे एक कुएं में उतार दिया...

वह कुआं आज भी एक निशानी बनी हुई है, राजा के अंधे हुक्म की, स्यालकोट छावनी से उत्तर की ओर दो मील की दूरी पर, चपराढ़ नाम के गांव की ओर जाते रास्ते पर वह कुआं कायम है। जहां लोग कहते हैं कि निःसंतानों को बेटे की मुराद मिलती है, उस कुएं के पानी में नहाकर, यह व और कई मन्नतें मांगी जाती हैं...

दुनिया जब सारे रास्ते बंद कर देती है, तब क़ुदरत मेहरबान होकर कोई और रास्ता खोल देती है। नाथ-जोगियों की टोली उस रास्ते से निकली, गोरखनाथ भी थे, कई और योगी भी। कुआं देखकर एक बर्तन पानी भरने के लिए कुएं में निगाह डाली, तो देखा—किसी व्यक्ति को रस्सियों से बांधकर कुएं में किसी ने डाला हुआ था, जो अभी जीवित, मौत की घड़ी देख रहा था। गोरखनाथ के आदेश पर उस व्यक्ति को कुएं से निकाला गया, रस्सियां खोली गईं; पूरन ने सारी आपबीती सुनाई...

गोरखनाथ पूरन शहज़ादे को अपना मुरीद बना, अपने साथ ले गए...

इस तरह पूरन योगी हुआ था...

फिर कहते हैं, एक दिन भीख मांगते हुए पूरन योगी, सरस्वती नदी के किनारे बने महल की ओर गया, भिक्षा लेने के लिए, तो बांदियां पकवानों का थाल भरकर भिक्षा देने लगीं तब महल की रानी सुंदरा की नज़र पड़ी, पूरन योगी पर। आंखें देखती रह गईं—ऐसा रूप तो किसी शहज़ादे का नहीं होता, जिस तरह का पूरन योगी का था ! और रानी पूरन की दीवानी हो गई...

उसने मोतियों का थाल भर लिया, और योगी के साथ चल दी, उसके गुरु के दर्शन के लिए...

सुंदरा ने वह मोतियों का थाल गोरखनाथ के सामने रखा, और हाथ जोड़कर खड़ी हो गई...

गोरख ने पूछा—रानी तुम्हें क्या चाहिए?

सुंदरा ने कहा—अपना पूरन योगी दे दो !

गोरख ने हुक्म दिया कि पूरन, सुंदरा रानी के साथ उसके महल में चला जाए।

पूरन ने गुरु के हुक्म को इंकार नहीं किया, रानी सुंदरा के साथ चल दिया—उसके महल को।

पूरन ने पैर रखा, रानी सुंदरा को यूं लगा—जैसे सारा महल रोशन हो गया हो...

पर यह रोशनी घड़ी पहर की थी, पूरन किसी बहाने महल से निकला, और ख़ुदा जाने किस जंगल के रास्ते चल दिया। वह महलों के साये से भी डरा हुआ था। शहज़ादा था, पर रह नहीं सका, योगी हुआ, पर अभी घबराया हुआ योगी...

सुंदरा हाथ मलती रह गई...

अब रोज़ महल की उत्तरी दिशा से इर्द-गिर्द के सभी रास्तों को देखने लगी, जो अब ख़ाली पड़े हुए थे...

और एक दिन रानी ने महल की छत से नीचे बहती सरस्वती नदी में छलांग लगा दी...

सुंदरा के बदन को नदी के पानी ने कफ़न दिया, और उसकी लाश फिर किसी को नहीं मिली...

रानी ने मोतियों के गहने पहने थे—गले में मोतियों का हार, बांहों में मोतियों के कंगन और अंगूठियों में हीरे, मोती जड़े हुए...

और कहते हैं, चिरकाल तक लोगों को सरस्वती नदी से कोई-कोई मोती मिल जाता रहा...

और फिर सरस्वती नदी, सुंदरा की सारी मुहब्बत को गले से लगाकर, सब मोतियों को भी संभाल-समेटकर, धरती में अलोप हो गई...

खिचड़ी मंदिर

गोरखनाथ और कान कटे हुए योगियों की, पूरे भारत में कई कहानियां कही जाती हैं। पेशावर से दक्षिण लंका तक, और उधर असम की पहाड़ियों तक...

पेशावर के पास किसी समय गोरख हटड़ी हुआ करती थी, जहां लोग अपनी मन्नतें, मुरादें लिए हुए बेटों के पहले मुंडन करवाने के लिए जाते थे। बादशाह अकबर भी उस स्थान पर गया था...

गोरख का टीला और योगियों के कई टीले पंजाब में भी जगह-जगह पर हैं, शहरों और कस्बों में इतने कि गिनती में नहीं आते।

पंजाब की सबसे मक़बूल गाथा हीर रांझा में, रांझे ने बालनाथ के टीले पर जाकर ही योग लिया था...

और आज गोरखपुर में जो गोरखनाथ का मंदिर है, यह जगह कभी घनी झाड़ियों से ढंकी होती थी। इसकी कथा यूं चली आती है कि नेपाल की एक सुंदरी ने गोरखनाथ को अपने घर अन्न परोसने के लिए बुलाया।

जानती थी कि योगी लोग सिर्फ़ खिचड़ी खाते हैं। उसने पकवानों के थालों की तरह खिचड़ी के थाल परसे, गोरख के लिए, और संग-संग भ्रमण करने वाले और योगियों के लिए भी...

गोरखनाथ को मीलों दूर बैठे, नेपाल सुंदरी के घर में बिछाए गए आसनों से जाने कैसी वासना की महक आई कि वह उस सुंदरी को हां कहकर भी वहां नहीं गया, और गोरखपुर की घनी झाडियों में, सबसे ओझल होकर, ध्यान में बैठ गया...

नेपाल की सुंदरी इंतज़ार करते-करते थक गई, पर गोरख की आमद नहीं हुई...

और कहते हैं—वह सुंदरी रोज़ खिचड़ी रांधती, और ताज़ा थाल परसती, पर गोरख कभी नहीं आया...

और अंत में वह इंतज़ार करते-करते नेपाल के पत्थरों में एक पत्थर हो गई...

कहते हैं—उस सुंदरी का इंतहा का दर्द उन पत्थरों में एक गर्म पानी का चशमा बनकर बहने लगा—जहां वह आज भी खिचड़ी की देग पकाती सुनी जाती है...

अब वह गर्म, उबलते पानी की चशमा ही, उसके बेइंतहा इश्क़ की निशानी है, और लोग भी वहां जाकर, उस गर्म पानी में खिचड़ी पकाते है ....

उन घनी झाड़ियों का वही स्थान है, जहां अब गोरख का मंदिर है, और वहां रोज़ खिचड़ी का थाल चढ़ाया जाता है...

साल के ख़ास-ख़ास दिनों में लोग इतनी खिचड़ी की देंगें चढ़ाते हैं कि मंदिर की परिक्रमा भी खिचड़ी से भर जाती है...

मुरीदों के मन की गहराई किसने पाई है ! जाने वह नेपाल सुंदरी की याद में ही अब हमेशा गोरख के मुंह को खिचड़ी लगाते हैं। जिस खिचड़ी की ओर पीठ कर गोरख योगी ने घनी झाड़ियों में छुपकर कई बरस बिताए थे...

यह गोरखनाथ का स्थान, अपने छुपे हुए अर्थों में नेपाल सुंदरी की याद में खिचड़ी-स्थल हो गया है

यह खिचड़ी नेपाल के गर्म पानी के चशमे में पकाई जाती है, और गोरखपुर में गोरख के मंदिर पर चढ़ाई जाती है...

इश्क़ अल्लाह ! हक़ अल्लाह !

लैला और कैस की ज़िंदगी का एक तवारीख़ी वाक़या है कि वे दोनों दो जब बालक थे, मौलवी से इल्म लेने के लिए जाते थे, तब बैठे-बैठे, अपनी-अपनी पट्टी पर एक-दूसरे का नाम लिखते रहते थे...

एक दिन मौलवी ने कैस को पास बुलाया, और पट्टी को सामने रखकर पूछा—यह क्या है? कैस ने कहा—यह लैला का नाम मुझसे ख़ुद-ब-ख़ुद लिखा जाता है...

मौलवी ने छड़ी निकालकर कैस के हाथों पर मारते हुए ख़ून की धारियां डाल दीं। और फिर देखा—कि परे खड़ी हुई लैला की हथेलियों में से ख़ून रिस रहा था...

मौलवी के होंठों से निकला—इश्क़ अल्लाह ! हक़ अल्लाह ! और कायाकल्प की यह हिकायत चली आती है, उस घड़ी के बाद मौलवी रेगिस्तान के जिस भी खेमे में जाता—बोले जाता—इश्क़ अल्लाह ! हक़. अल्लाह !

इश्क़ अल्लाह की इस रोशनी में कुछ दास्तानें पेश हैं...

—अमृता

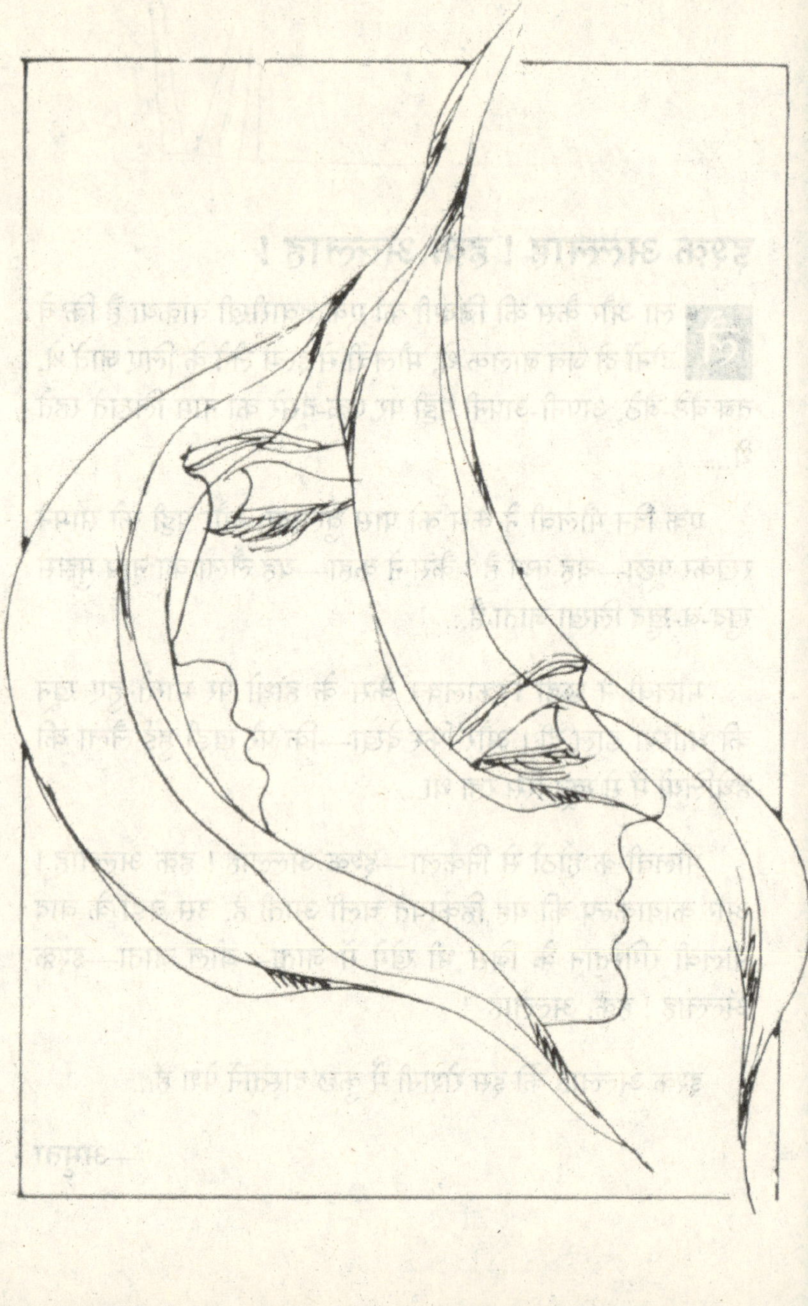

सिंध का सूफ़ी दरवेश–
शाह अब्दुल लतीफ़ भिटाई

शाह अब्दुल तलीफ़ सय्यद घराने का सूफ़ी दरवेश था। यह घराना हरात (अफगानिस्तान) से 1398 ई. में सिंध आया था। शाह अब्दुल का पिता शाह हबीब अपनी दरवेशी ज़िंदगी में हमेशा हरा चोगा पहनता रहा। मरीज़ों को दवा देता, और ज़रूरतमंदों के लिए दुआ करता, वह ईश्वर का भी महबूब था, लोगों का भी। और बीवी मिली एक दीवाने फ़क़ीर की बेटी। इन दोनों से शाह अब्दुल लतीफ़ का जन्म हुआ 1689 ई. में। ननिहाल और ददिहाल, दोनों ओर से रूहानी विरासत मिली।

कोटरी में एक मुग़ल सरदार, मिर्ज़ा मुग़ल बेग रहता था, जो सारे इलाक़े का तगड़ा ज़मींदार और रोब-दाब वाला व्यक्ति था। उसके घर में पर्दे की पालना सख़्ती से की जाती थी। कोई ग़ैर हवेली की ड्योढ़ी तक भी नहीं जा सकता था। पर उसकी शाह हबीब में अक़ीदत थी, सय्यदों की इज़्ज़त-अफ़ज़ाई भी करता था।

एक बार मुग़ल सरदार की जवान बेटी बीमार हुई, तो उसे लगा, कहीं

से शफ़ा नहीं मिल रही, इसलिए शाह हबीब अगर आकर दुआ करें, तो बेटी ठीक हो सकती है। संदेश भेजा गया, पर लगता है—क़ुदरत कोई अपना राज़ खोलने वाली थी।

शाह हबीब की तबीयत नासाज़ थी, इसलिए उन्होंने अपने बीस बरस के जवान बेटे शाह अब्दुल लतीफ़ को भेजा कि वह जाकर बेटी की सेहतयाबी के लिए दुआ करे!

शाह को मरीज़ के कमरे तक लाया गया। क़ुदरत के होंठों पर एक मुस्कुराहट आई। शाह अब्दुल लतीफ़ ने जब नज़र भरकर उस हसीना की ओर देखा, तो दीवानगी का आलम छा गया। बीमार हसीना के हाथ की एक उंगली पकड़ी और दुआ की—

उंगली जिसकी सय्यद के हाथ
लहरें उसको डुबोतीं नहीं...

लड़की का बाप मिर्ज़ा मुग़ल बेग नज़दीक ही खड़ा था, जिसके बदन में आग लग गई, पर बोलने का मौक़ा नहीं था, उसने गुस्से की आग का घूंट भर लिया। बीमार को तो शफ़ा मिल गई, पर मुग़ल सरदार की सय्यदों से दुश्मनी पड़ गई...

सय्यदों ने आए दिन की अदावत से तंग आकर कोटरी छोड़ दी, और क़स्बे की हद से बाहर अपनी हवेली बना ली

शाह अब्दुल लतीफ़ के वजूद को लोग भी देखने लगे, ईश्वर भी। इश्क़ ने बेख़ुदी का आलम पैदा कर दिया। वह घर से निकलकर उजाड़ में रेत के टीलों पर बैठा रहता। एक बार तो अंधेरी से उड़ती रेत ने पूरे-

के-पूरे, उसके वजूद को दबा दिया, पर चादर की एक कन्नी थी, जो रेत की क़ब्र से बाहर निकली हुई थी, जिसे तीन दिन बाद एक चरवाहे ने देखा, जो पहले भी कभी शाह लतीफ़ को टींले पर बैठे हुए देखा करता था। उसने दौड़कर शाह हबीब के घर ख़बर दी। और शाह जी ने दो मुरीदों की मदद से बेटे को रेत की क़ब्र से निकाला...

अब्दुल लतीफ़ ने जब चारों ओर देखा, तो होंठ कांपे—

चली अंधेरी, रेत ने दबाए, सारे अंग जिस्मानी,
सांस अभी भी आए जाए, देखूं हुस्न नूरानी...

यही बेख़ुदी का आलम था कि एक दिन अब्दुल लतीफ़ ने जोगियों का बाना पहन लिया, और चुपचाप घर से निकल गया। इतफ़ाक़ यह हुआ कि रास्ते में जोगियों की एक टोली मिल गई, जो तीर्थ-यात्रा कर रही थी।

कहते हैं—शाह लतीफ़ सबसे पहले गाजो फेरिया के काली के मंदिर में गया... (यह इलाक़ा आज के हैदराबाद शहर में है जो अब्दुल लतीफ़ की ज़िंदगी से सोलह बरस बाद बसा था।)

करांची शहर अभी बसा नहीं था, कलादी नाम का एक भयानक भंवर था, जिसमें ख़ुदा जाने कितनी नावें डूब चुकी थीं। और इस भंवर का नज़ारा देखकर जोगियों की टोली ठट्ठे पहुंची, जो सिंध की राजधानी था, बहुत रमणीय और समृद्ध लोगों की। यहां अब्दुल लतीफ़ की मुलाक़ात एक बड़े सूफी मख़्दूम मुईन से हुई ! तरीक़त और मार्गी के चर्चे हुए, और यह मुलाक़ात रूहानी दोस्ती में बदल गई।

यहां से शाह लतीफ़ा सस्सी के शहर भंभोर गया, और सस्सी की दास्तान को बाद में अपने क़लाम में उतारा।

जोगियों की इस टोली ने इसके बाद हिंगलाज की यात्रा करने की सोची। यह इलाक़ा करांची से कोई डेढ़ सौ मीलों पर बलोचिस्तान में है, जहां हिंगला देवी का मंदिर है। हिंगला शिव पत्नी पार्वती का ही नाम है। इस मंदिर में सारे अक़ीदतमंद अम्बा पार्वती (हिंगला) की मूर्ति पर दूध के छींटे छिड़कते हैं।

इस मंदिर से आते रास्ते में लाहुत की गुफ़ा देखी, जहां गाय के थनों की सूरत में पत्थरों का उभार है। और जहां उन पत्थरों से दूध रिसता है। इस इलाक़े को उस स्थान का गोकुल कहा जाता है।

वापिस आकर जोगियों की यह टोली द्वारका की ओर चल दी।

द्वारका के बाद ये जोगी गिरनार की चोटी पर गए, जिसे गोरखनाथ का टीला कहते हैं।

आख़िर अपने गांव गरां कोटरी की ओर मुड़े तो रास्ते में शुतर्बान की आवाज़ सुनी जो बहुत दर्द भरी थी—

मैं अब पुन्नू की ओर अकेली, ख़ुद सफ़र करूंगी...

शाह लतीफ़ ने पूछा, तो शुतर्बान ने कहा—मैं रेत-स्थल में से निकल रहा था, कोई दरवेश वहां गा रहा था, जिसका एक ही मिसरा याद में रह गया...

वहां से शाह लतीफ़ ने मिसरे जोड़े—

गुज़रूंगी मैं ऊंचे पर्वत, सीधी घाट चढूंगी

दर्द मित्र का संगी मेरा, और साथ न चाहूं...

शाह लतीफ़ घर लौटा, शाह हबीब के आंगन में जैसे चांद उतर आया। कुछ दिन ही हुए थे, घर लौटे, सुना कि—मुग़ल बेग के घर में डाका पड़ गया है। डाकू सारा घर ही लूटकर ले गए हैं। और मिर्ज़ा, डाकुओं का पीछा करने के लिए कुछ हथियारबंद आदमी लेकर चलने लगा है...

यह इंसानी तकाज़ा था कि डाकुओं का पीछा करने के लिए, शाह लतीफ़ ने मिर्ज़ा के सामने पेशकश की कि उनके कई बहादुरों की ख़िदमत भी हाज़िर है। पर मुग़ल सरदार ने यह पेशकश ठुकरा दी।

यह मुग़ल सरदार के घर की तक़दीरी घटना थी कि वह डाकुओं का पीछा करता मारा गया, और उसका घर उसांस बनकर रह गया...

मुग़ल बेग़मों को यह मुसीबत सय्यदों की बद्दुआ लगने लगी, और उस घराने की रहमत पाने के लिए, अब्दुल लतीफ़ को घर की हसीन बेटी सय्यदा से शादी कर लेने का पैग़ाम भेजा। यह सय्यदा वही हसीना थी, जिसके इश्क़ ने अब्दुल लतीफ़ को दीवाना कर दिया था...

और यूं एक निक़ाहनामे को आख़िर यह इश्क़ मंजूर हुआ...

ख़्वाजा ग़ुलाम फ़रीद

ख़्वाजा गुलाम फ़रीद का कलाम पढ़ने और गाने वाले, उनके रूहानी मुकाम की कुछ थाह पा सकते हैं। फारूकी वंश के कुछ लोग अरब से आए थे, जो सिंध में बसे। उनकी औलाद सिंध हुक़ूमत की कई पदवियों पर रही। पर ईसा बिन यूसफ़ सबसे पहले थे जो दुनिया त्यागकर फ़क़ीरी और दीनदारी के हलक़े में शामिल हो गए...

शाह हुसैन ने भी आख़िरी उम्र में नौकरी तरककर फ़क़ीरी चोला पहन लिया, और सुहरावर्दिया सूफ़ी वंश के साथ फ़क़ीरी रिश्ता बना लिया। इन लोगों ने सिंध को छोड़कर मुलतान की ज़मीन अख़्तियार की, जहां कई सुहरावर्दी सूफ़ी रहते थे...

शेख हुसैन के बेटे मख़दूम ज़िकरिया का नाम भी बहुत पहुंचे हुए सूफ़ियों में आता है, और आगे जाकर उनके बेटे मख़दूम नूर मुहम्मद का नाम भी। बादशाह शाहजहां भी उनके मुरीदों में से थे। उसी ने ख़ानकाह के ख़र्च के लिए पांच हज़ार बीघे ज़मीन बतौर जागीर दी थी। समय बीतने पर सुहरावर्दिया वंश की असली शक्ति को कम होते देखकर कई चिश्तिया

ख़ानदान के बुज़ुर्गों के मुरीद हो गए। ख़्वाजा फ़ख़रूदीन, बहादुरशाह जफ़र के पीर होने के नाते से क़िले में चले जाते थे, इसलिए पीर मुहम्मद आक़िल भी उनके साथ आने-जाने लगे।

बहादुरशाह जफ़र, काज़ी आक़िल के अमल से इस क़दर प्रभावित हुआ कि अपने बेटे शहज़ादा ख़ुसरो और काऊस शिकोह को उनका मुरीद बना दिया। बहादुरशाह जफ़र का शेर है...

इश्क़ अपने पीरे-कामिल से दिली रखते हैं हम...

काज़ी मुहम्मद आक़िल के बेटे मियां अहमद अली थे, जो कुछ समय बाद गद्दी पर बैठे। इनके बेटे खुदाबख़्श इस क़दर रूहानियत में उतरकर सियासी मुश्किलों के कारण भिठनकोट को छोड़कर रियासत बहावलपुर में तहसील खानपुर के चाचड़ा नाम के गांव में जा बसे। नवाब बहावलपुर ने कुछ गांव जागीर के तौर पर पेश किए, पर सूफ़ी फ़क़ीर ख़ुदाबख़्श ने यह ख़िदमत मंजूर नहीं की, कहा—जागीरदारी की सूरत में यह मुआमला लेना होता है, और उसकी वसूली में कई मुश्किलें आती हैं, जिनके कारण अदालत का दरवाज़ा देखना पड़ता है। फ़क़ीरों को अदालत का दरवाज़ा देखना मुनासिब नहीं...

यही ख़ुदाबख़्श थे जिनसे दो बेटे हुए एक ख़्वाजा ग़ुलाम फ़रीद, जिसका नाम शेख फरीदुदीन के नाम पर रखा गया। चाहे शेख फरीद सात सौ वर्ष बाद में पैदा हुआ।

ख़्वाजा ग़ुलाम फ़रीद की तालीम कई ज़ुबानों में हुई, इसलिए इनकी काफ़ियां सिंधी और हिंदी में भी मिलती हैं। बहुत-सा कलाम फ़ारसी भाषा

में था, जो अब नहीं मिलता। हां, मुलतानी, उर्दू, फ़ारसी में लिखा कलाम मिलता है।

यह ख़्वाजा ग़ुलाम फ़रीद थे, जिन्होंने इश्कर-मजाज़ी और इश्क-हक़ीक़ी के फ़ासले को मिटा दिया—

मैंडा इश्क़ भी तू, मैंडा यार भी तू
मैंडा दीन भी तू, ईमान भी तू...

ख़्वाजा ग़ुलाम फ़रीद जंगलों-पहाड़ों में जाने की जगह रेतस्थल की ओर चल दिए। ज़िंदगी के अठारह वर्ष तपते स्थल में गुज़ारे। अपने मुरीद नवाब बहावलपुर के साथ जब पहली बार टोबा तरावां के मुकाम पर आए, जो चूलिस्तान की सैरगाह है, तो वहीं डेरा डाल लिया।

यहां के लोग, भेड़ों-बकरियों को पानी पिलाने के लिए अकसर यहीं आते थे। यहां एक बार वे खेमे के बाहर खड़े थे, तपती दोपहर के समय कि देखा—कोई यौवना भेड़ों के झुंड को हांक रही थी। इस नवयुवती ने ख़्वाजा साहिब पर कोई अज़ली कशिश डाली, कि वह रोज़ उसके आने के समय खेमे से बाहर आ जाते—एक नज़र उसे देखने के लिए। वह जब तक भेड़ों को पानी पिलाती रहती, ख़्वाजा साहिब खेमे से बाहर खड़े उसका दीदार करते।

एक दिन भेड़ों के झुंड में से कुछ मेमने गर्म रेत के टीले पर चढ़ गए। लड़की उनको जलती-तपती रेत से बचाने के लिए उनके पीछे दौड़ी। ख़्वाजा साहिब के भीतर जैसे रेत की आंधी चल पड़ी, वह लड़की के पीछे-पीछे टीले पर चढ़ गए। और पास पहुंचकर लड़की के सिर पर अपनी चादर की छाया कर दी।

इश्क़ चादरों से नहीं ढंका जाता। वह रेत के कणों की तरह उड़ता, उस लड़की के मां-बाप और सम्बंधियों तक ख़बर दे आया।

चरवाहों के इस क़बीले को मंज़ूर नहीं था कि कोई ग़ैर चूलिस्तान की लड़की से इश्क़ करें...

इस सिलसिले के साथ कई करामातें भी जुड़ी हुई हैं। कहते हैं, एक बार ख़्वाजा साहब टीले पर चादर ओढ़कर सोये हुए थे कि चरवाहों ने गंडासे निकाल लिए, और ख़्वाजा साहब को क़त्ल करने के लिए टीले पर पहुंच गए। चादर पर वार करते रहे, पर कुछ देर बाद चादर उठाकर देखा, तो चादर के नीचे कोई नहीं था।

यहां से चरवाहे लोग ख़्वाजा साहब की अज़मत को मान गए।

नवाब बहावलपुर ने अपने मुर्शिद की परेशानी को देखकर कहा कि वह रियासत की सबसे बढ़कर हसीना अपने मुर्शिद को पेश कर सकता है, जो निकाह के लिए लाई जा सकती है। पर ख़्वाज़ा साहब के इश्क़ को और कुछ भी मंज़ूर नहीं था।

पर एक दिन आया जब चरवाहों ने ख़्वाजा साहब की अज़मत के क़ायल होकर, वह होत लड़की ख़्वाजा साहब को पेश की, और ख़्वाजा साहब ने बाक़ायदा उसके साथ निकाह किया...

उसका वास्तविक नाम मनु कहा जाता है, पर होत नाम से ही वह ख़्वाजा साहब के कलाम में भी उतरी, फ़क़ीरी अस्थाने में भी...

(हवाला—काला सिंह बेदी की पुस्तक 'ख़्वाजा गुलाम फ़रीद')

राधा तत्व

भिट्ट लफ़्ज़ टीले के लिए होता है। शाह लतीफ़ किराड़ झील के किनारे एक टीले को देखकर कहने लगे—इसी टीले पर मैंने अपना डेरा लगाना है।

डेरा बसना शुरू हुआ—मुरीदों और दरवेशों की झोंपड़ियां भी इस डेरे में बस गईं। इसी टीले भिट्ट से शाह लतीफ़ का नाम भिट्टाई हुआ था...

कहते हैं—एक बार एक वृक्ष के नीचे शाह लतीफ़ बैठे थे, हाथ में तसबी थी कि दो औरतें पानी के घड़े लेकर वहां से निकली और घड़ी-भर सांस लेने के लिए उसी बरगद के नीचे बैठ गईं जिसकी जटाओं के झुरमुट में शाह लतीफ़ बैठे थे। कानों में उन बातें कर रहीं औरतों की आवाज़ सुनाई दी।

एक औरत दूसरी से पूछ रही थी—अरी तेरे साथी से तेरा कितनी बार मिलन हुआ? इस पर दूसरी कहने लगी—अरी जब साथी मिलते हैं तो बारी की गिनती भूल जाती है। बस दो रूहें मिलती हैं। ख़ुदाई की सुधि नहीं रहती।

यह सुनकर शाह लतीफ़ के हाथों से तसबी छूट गई—होंठों से निकला—गर तू योगी होना चाहे—दिल-माला के मनके फेर। मंदिर धूनी रमाना !

शाह लतीफ़ तन-मन से दरवेश थे—अच्छे खाते-पीते सय्यद घराने के थे, पर अपनी गुज़र-बसर अपनी जमींदारी से करते। जुताई—खेती जैसी सख़्त मेहनत करते-करवाते। बाना वही दरवेशी, और हाथ में 'चिप्पी' जिसमें रोटी खाते, पानी पीते...

बहुत नेमतें हाज़िर होती थीं, मुरीदों का अपना तकाज़ा था, पर उसके साथ घर के जो बर्तन भरते, वह आए-गए फ़क़ीरों और ज़रूरतमंदों में बांटे जाते, अपनी रोटी का जुगाड़ वे अपनी खेती से करते।

विरह की तपती धूप के बाद उन्हें महबूब के वस्ल की छाया मिल गई थी, तगड़े मुग़ल जागीरदार की बेटी। वह भी अपने दरवेश से मिलकर, दरवेशन हो गई। घर-बार संभालती। देगें रांधती, बांटती... शाह लतीफ़ के हरफ़ों में—इश्क़ के रास्ते पर पड़ गई सस्सी...

यह एक गाथा शाह अब्दुल लतीफ़ भिटाई की, और दूसरी गाथा ख़्वाजा ग़ुलाम फ़रीद की, जिनको सांसों में दीवानगी रची हुई थी—मैंडा इश्क़ भी तू, मैंडा यार भी तू, मैंडा दीन भी तू, ईमान भी तू... कहने वाली दीवानगी।

जिस तरह शाह लतीफ़ को सय्यदा बीबी मिल गई थी, फ़रीद को भी उनकी होत सुंदरी मिल गई थी। और इश्क़ को मारफ़त का मुक़ाम मिल गया...

यही रगों में चलती आग राधा तत्त्व है, जिसकी साधना करते योगी और फक्कड़ कृष्ण तत्त्व तक पहुंच जाते हैं...

जिस जंडियाले वाले वारिस शाह का कलाम, पंजाब की पवन-पानी में रचा हुआ है, कहते हैं, उन्होंने फ़क़ीरी यात्रा में किसी भागभरी नाम की सुनियारन को देखा था। हुस्न की घाटी में बसना, वारिस शाह के हिस्से में नहीं आया था, पर घाटी का दर्द था, जो अक्षरों में उतरने लगा—और हीर-रांझे की दास्तान को रास्ता मिला...

कहते हैं, वारिस शाह ने भागभरी के घर के नज़दीक की एक मस्जिद में अपना हुजरा बना लिया। हुजरे में एक मोरी रखी—जिसमें से बाहर निकलती-गुज़रती भागभरी को देख लेते...

यह राधा तत्त्व की साधना है, जिसे कोई फक्कड़ जानता है, या कोई-कोई वारिस...

एक बड़ा प्यारा वाक़या मिलता है—राधा तत्त्व की व्याकुलता का—कौलां बीबी की सूरत में।

कहते हैं—लाहौर के काज़ी रुकनदीन की बेटी ने ऊंचा इल्म पाया था, और वह इल्मवान बेटी रूहानियत का रास्ता पहचानने लग गई थी।

सिख गुरुओं में अक़ीदत रखने वाला मियां मीर था, जिसका काज़ी के घर भी आना-जाना था। उस ज़हीन और इल्मवान कौलां ने मियां मीर से गुरुओं की वाणी सुनी। बाबा नानक की वाणी से लेकर कई गुरुओं की वाणी, और रूहानियत का मर्म पा गई।

काज़ी पिता पक्का शरई था, जिसे कौलां बेटी का यह पहलू मंज़ूर

नहीं था। बेटी को नसीहतें दीं, पर अज़ल का इश्क़ कब नसीहतें लेता है। और काज़ी बाप ने बेटी को फ़तवा दिलाकर मरवा देना चाहा।

मियां मीर को ख़बर मिली कि कौलां बीबी की जान को ख़तरा बन गया है, तब उसने रास्ता ढूंढ़ा कि कौलां बीबी को अगर बचाया जा सकता है, तब एक ही रास्ता है कि उसे उस समय के गुरु हरगोविन्द जी की पनाह में रख दिया जाए। कौलां पर रबी रहमत बरस गई...

यह राधा तत्त्व की व्याकुलता थी, जिसने कृष्ण के इलाही तत्त्व तक पहुंचने का वसीला पा लिया...

गुरु हरगोविन्द जी ने कौलां बीबी को अपनी पनाह में ले लिया। उसके लिए अलग से छोटा-सा महल बनवाया, और महल की राखी के लिए पहरा बिठा दिया कि उसे कहीं से ख़तरा न हो।

कौलां बीबी की तलब इलाही रंग में रंग गई। हरगोविन्द जी ने उसके महल के सामने एक सरोवर बनवाया, कौलसर, जो आज तक किसी दरगाह जैसा पाक बना हुआ है।

हमारे इतिहासकारों ने बड़ा ज़ुल्म किया है कि हमारे पहुंचे हुए दरवेशों और गुरुओं-पीरों की तवारीख़ लिखते हुए इस रूहानी पहलू को समझा नहीं, और ऐसे वाक़यात ओट में कर दिए हैं। दुनिया की हवस जैसी तर्क करने वाली वस्तुओं में इश्क़ को भी गिन लिया है। उन्होंने स्थूल तत्त्व और सूक्ष्म तत्त्व का भेद नहीं पाया, इसलिए ऐसे वाक़यात आज कहीं नहीं मिलते। अगर मिलते भी हैं, तो बहुत-से तरीक़ों से उलझाए हुए। या अफवाहें कहकर उनके वजूद से ही इनकारी हो गए थे।

स्थूल तत्त्व ने तो दफ़न होना ही होता है, पर हमारे तारीख़दानों ने उनके सूक्ष्म तत्त्व भी दफ़न कर दिए...

एक हुआ था—धरती को मिले वरदान जैसा—गौतम बुद्ध । कोई उनका मुरिद बनने के लिए आता, कहता—मैंने ईश्वर को पाना है, इसलिए आपके पास आया हूं, रास्ता बताइए !

बुद्ध पूछते—तुम किसी को प्यार करते हो ?

वह घबराकर कहता—नहीं जी नहीं, बिल्कुल नहीं...

बुद्ध फिर पूछते—किसी को ? अपने बच्चे को, अपनी मां को...

वह कहता—मैंने कहा न, मैंने दुनिया तरक कर दी है, मैं प्यार जैसी बात सोच भी नहीं सकता, मैंने तो ईश्वर को पाना है...

बुद्ध हंस देते, कहते—जा भलेमानुस ! अपने रास्ते जा ! अगर तुम्हें पता ही नहीं कि प्यार क्या है, तो ईश्वर को कैसे प्यार करोगे ?

पर वक़्त-वक़्त के पंडितों-मौलानों ने इंसान को इस कदर प्यार-मुहब्बत के नाम से बेगाना कर दिया कि इंसान बिल्कुल ख़ाली हो गया। और वे पंडित-मौला, उस ख़ाली स्थान में तरह-तरह की पाबंदियां, रस्मों-रिवाज़ और कर्म-कांड भरने लग गए। कैस के हाथ पर मारीं, पर लैला के हाथ पर दिखतीं, किसी मौलवी की छड़ी की ख़ून की धारियों को देखकर, जो बोल उठा था—इश्क़ अल्लाह ! हक़ अल्लाह ! ऐसा दिन वाला ख़ुदा का इंसान, इतिहास में मुश्किल से कहीं एक बार ही होता है...

गुलाबदास का तकिया और पीरोबंदी

बहुत समय पहले, एक बहुत पुरानी पुस्तक हाथ लगी थी, जिसमें महंत गणेशा सिंह ने कोई दस वर्ष भारत में घूम-घूमकर डेरों, नाथों-पंथों के ब्यौरे इकट्ठे किए थे, उसमें गुलाबदास साधु का ज़िक्र था और साथ में पीरों का भी, जिसने गुलाबदास को, पिया-मुर्शिद माना, और उसके नाम की लग्न में जो लिखती रही, उसके डेरे पर बैठकर गाती रही...

अब शहरयार की किताब सामने आई है, पीरो प्रेमण। शहरयार ने बहुत समय लगाकर, पीरो की शायरी भी तलाशी है, और उसकी ज़िंदगी के कुछ हालात भी...

कहते हैं—पीरो एक खाते-पीते मुसलमान घर में जन्मी थी, पर जब मां नहीं रही, उसका पिता पीरों-फ़क़ीरों की संगत रखने लगा। जवान होती पीरो को एक फ़क़ीर साधु की ऐसी कशिश पड़ी, वह घर छोड़कर उसके साथ चल दी...

यह हादसा ख़ुदा जाने उसके किन जन्मों की प्यास से जुड़ा हुआ था कि बहुत मुश्किल रास्तों से होती हुई जब पीरो ने साधु गुलाबदास का दीदार पाया—किसी अज़ली इश्क़ में दीवानी हो गई...

कहते हैं—उसे उठती जवानी में जो फ़क़ीर मन भाया था, वह जाने अज़ली प्यास का ही साया था। वह फ़क़ीर बहुत देर ज़िंदा नहीं रहा था, और अकेली रह गई पीरो के लिए अब घरों के दरवाज़े बंद हो गए थे। एक ही रास्ता रह गया था—बाज़ार में बैठने का। जहां वह गाती थी, नाचती भी, और मन के सारे दर्द को अक्षरों और सुरों में डाल देती।

कहते हैं—निहायत सुंदर थी, बड़े-बड़े अमीरज़ादे उस पर फ़िदा होते थे, पर उसकी अज़ली मुहब्बत कोई और थी। तक़दीर ने जो रास्ते उसके आगे बिछा दिए, वह उन कीमख़ाबी रास्तों के लिए नहीं थी।

उसे लगनं लगी—कि अगर साधु गुलाबदास अपनी धूनी जलाने के लिए उसे अपने पास स्थान दे दे तो उसका कर्म होगा।

कहते हैं—उसने मन के हर्फ़ काग़ज़ पर डाले, और कागज़ लिख भेजा—

फंध कहंता पंछिया, तुम लयो निबाहे
नीच कुजाते तारियो, तुम बेपरवाहे
तुमें प्यारे प्रेम के न जात विचारे
जैसी जा की भावना, फल तैसों सारे
पीरो मिया अर्ज़ करे, हऊं शूद्र नारी
पिछले आई रद्द के, तुम लाज हमारी...

गुलाबदास ने पीरो का मुर्शिद होना मान लिया, तब पीरो की आवाज़ सुर और ताल में बंधी हुई, इर्द-गिर्द के पेड़-पत्तों की रगों में भी उतर गई—

राखो सरण असरण की हऊ शूद्र मारी

जात अजात न देखिया, तुम कुबजां तारी
चाखत बेरां भीलनी, चुन मीठे लाई
तुम्हें प्यारे प्रेम के तह झूठे खाई...
नामा छीपा तारियो, अर सैणा नाई
कबीर जुलाहा उधरयो, तुम भए सहाई
चोर यार जुआरिया पर कृपा कीनी
बलमीक निस्तारियो, तुम जात न चीनी
पीपा जात चमार थी, पर सधना कसाई
पीरो कहानी सतगुरो, तुम नीच तराई...

कहते हैं—एक आवाज़ थी, और पीरो की दीवानगी, कि साधु गुलाबदास ने खुद तबला पकड़ लिया, ताल देने के लिए।

यह क़ुदरत का कोई मोअजज़ा था कि पीरो ने अपने मुर्शिद को पिया कहकर भी बुलाया था—और यह मिलन था—उस संगम का, जहां इश्क़-मजाज़ी और इश्क़-हक़ीक़ी मिल जाते हैं, और फिर पानी में लकीर नहीं पड़ती...

शहरयार ने यह ब्यौरा भी दिया है, कि गुलाबदास को मानने वालियां, दूर-दूर से मक्खन, घी और कई सौगातें लेकर आती थीं, और अपने साधु-संतों से मुरादें पाती थीं। वे वैसे ही आती रहीं, मर्द मुरीद भी आते रहे, पर कइयों के होंठों पर कड़वाहट भी फैल गई, पीरो का दरगाह पर रहना और धूनी जलाकर गाते रहना, कइयों की समझ से बड़ी बात थी, और शीघ्रता से यह सहना ज़रा मुश्किल था। पर लोग साधु की अज़मत से डरते हुए कुछ बोलते नहीं थे। और हौले-हौले पीरो भी माता पीरो कही जाने लगी...

पीरो की शायरी को लेकर शहरयार उदास है कि ऐसी पुख़्ता और दीवानी शायरी उन्नीसवीं शताब्दी के पंजाबी इतिहास में अपनी सही जगह दर्ज क्यों नहीं हुई ?

शहरयार के ये हर्फ़ तवारीख़ी हैं—सबूतों वाले अकसर ताबूतों वाले भी हुआ करते हैं, जिन्होंने शायद जान-बूझकर पीरो किसी ताबूत में गहरे दबा दी थी। पर उसकी काफ़ियां चट्ठेवाला से होती हुई लाहौर शहर की गलियों में गूंजने लग गई थीं...

उन्नीसवीं शताब्दी के साहित्य से पीरो को मनफ़ी करने वालों की समझ को तो ख़ुदा जाने—पर यह शहरयार की खोजी तलब है। जो पीरो को डेढ़ सौ साल के बाद ढूंढ़कर सामने ले आई है।

यह क़ुदरत की भेदों भरी वार्ता उन्नीसवीं शताब्दी में झेलनी मुश्किल थी, सो एक ओर लोगों के संस्कारों को झेलती और दूसरी ओर लाहौर के जिस कोठे को छोड़कर आई थी, उसके लोगों की आए दिन की साज़िशें भी उसने अपने रास्ते की धूल की तरह झाड़ दीं। ज़ाहिर है कि जिनके हाथों से वह-परी-सी निकल गई थी और जिनके बरतन औंधे हो गए थे, उन्होंने पीरो को फिर से लौटाने के लिए, कोई छल-बल नहीं छोड़ा था। पर इस तरह के खौफ़-ख़तरे और लाहौर के अमीरज़ादों की ऐशपरस्ती के बिछाए जाल, पीरो की तलब के सामने जलकर बुझ गए, और पीरो अपने पिया-मुर्शिद की हाज़िरी में पवन-सी स्वतंत्र होकर गाती रही—

फंध कहंता पंछिया, तुम लयो निबाहे
नीच कुजाते तारियो, तुम बेपरवाहे
तुमें प्यारे प्रेम के न जात विचारे

जैसी जा की भावना, फल तैसों सारे
पीरो दिया अर्ज़ करे, हऊं शूद्र नारी
पिछले आई रद्द के, तुम लाज हमारी...

घने वृक्षों की कुंज में, जंगल में मंगल हो गया, आहिस्ता-आहिस्ता लोग और खिंचे गए, दूर कहीं होते, गाती पीरो की आवाज़ कान में पड़ती, कान बावरे हो जाते। ज्यों-ज्यों डेरे के नज़दीक आते, पीरो की आवाज़ रगों में उतरने लग जाती—

पीरो कहे सहेलियो, दिल राखे थावें
जैसी तुमरी भावना, फल तैसा पावें
गईयो गुर दरबार में जब के हऊं जावे
दरसन अपने सतगुरां, तुमको करवावें
सतगुर दरसन कीतियां, भूख रहे न काई
खेलत चस्मा जिगर की, जहे प्रेम दिखाई

आओ मिलो सहेलियो मिल मसलत करिए
भोए समंदर अथाह है, कहू किस बिध तरिए
पीरो नाम जहाज है, गुर खेवट मेरा
पऊण प्रेम चलावसी, पार होसी डेरा

पीरो धूनी में नई लकड़ी लगाती, परे वृक्षों के पैरों में पक्षियों के लिए दाने छिटकती और नचीले पैरों से ठुमकती बोल उठाती—

पीरो बंदिए जाग लै, हुण जागण वेला
इसी जन्म मिलावड़ा फिर होए न मेला...
दर्शन करने वास्ते मैं जोगन होई
जिस ते सहियो बिछुड़ी, वर पाया सोई...

चिड़ियां और गुटारें उड़ती आतीं, और पीरो के गिर्द झुरमुट डाल लेतीं ... यह तो ख़ुदा जानता था, पीरो नहीं जानती थी कि वह अपने पिया-मुर्शिद से कबकी बिछुड़ी हुई थी, और इस जन्म रेशमी अतलस को गले से उतारकर, अपने ख़ुदा से पिया के डेरे की रूखी-मिस्सी पकाने और खाने के लिए आ गई थी...

यह इलाक़ा 'चट्ठेवाला' कहलाता था... पीरो ने एक इतिहास बदल दिया था, लोगों का कहा-देखा, जानती थी "रंडी और फ़क़ीर का सदा अनादि बैर, जब आई घर साध के, कहां गुज़ारे ख़ैर" पर उसके लिए और उसके मुर्शिद के लिए दीन-दुनिया की सारी अलगता मिट गई थी। दुनिया ही दीन हो गई थी।

ख़ुदा ने पीरो को हुस्न भी दिया था, शायरी भी, संगीत भी, नृत्य भी, और सबसे बढ़कर एक तलब दी थी, दुनिया में दीन को ढूंढ़ लेने की... और किसी कोठे के रास्ते से होकर आई पीरो, माता पीरो का रुतबा पा गई...

वह लगभग चालीस बरस की थी, जब 1872 ई. में उसे क़ब्र ने बुला लिया, और बैरागी हुए मुर्शिद ने कहा—"मैं जब दुनिया से जाऊं, तो मुझे अग्नि न दिखाना, पीरो की क़ब्र खोलकर, यह मेरे जिस्म की मिट्टी, उसके जिस्म की मिट्टी में मिला देना!" यह तो अज़ल का मिलन था, कभी कोई ऐसे नहीं मिलता...

और गुलाबदास का रोज़ रात को पीरो की क़ब्र पर दीया जलाना उसकी ज़िंदगी हो गया था—

कहते हैं—एक रात साये की तरह कोई दो औरतें उसके नज़दीक आईं,

और पैरों को छूकर कहने लगीं—अरे साईं। पीरो के नाम का वास्ता है, हमें उर्स वाले दिन पीरो के मज़ार पर नाचने और गाने की इजाज़त बख़्श दे। हम बाज़ार में बैठने वाली, तुझसे यह इजाज़त मांगती हैं—शायद अल्लाह-पाक हम पर भी रहमत करे!

गुलाबदास ने कहा—उर्स तो अभी दूर है, मैं रोज़ रात को चिराग जलाता हूं, उसके मज़ार पर, आप जब जी करे आया करें, और पीरो का कलाम गाया करें!

कहते हैं—एक रात पीरो की मज़ार पर उसके मुर्शिद का जलाया दीया जल रहा था, और उन गाने वालियों ने भी वहां चिराग जलाए हुए थे और उनकी रोशनी में वे पीरो का कलाम गा रही थीं, कि गुलाबदास के पैरों के आगे कोई पत्थर अटक गया! वह गिर गया, और उसकी सांस थक गई...

ठीक यही जगह थी, जहां गुलाबदास ने उसे दफ़नाने के लिए चेलों को ताकीद की हुई थी...

इस साझे मज़ार पर, आज तलक गाने-बजाने वालियां पीरो का कलाम गाती हैं और नाच करती हैं।

(शहरयार की किताब 'पीरो प्रेमण' के आधार पर)

ख़्वाजा हसन निज़ामी

दिल्ली के एक तारीख़दान हुए हैं, ख़्वाजा हसन निज़ामी, जिनका जन्म 1880 ई. में हुआ था और ज़िंदगी का आख़िरी बरस, मुल्क की आज़ादी के बाद 1955 ई. का था। 1857 ई. के गदर के बाद शाही घरों के बचे हुए लोग बस्ती हज़रत निजामुद्दीन और कूचा चेलान दिल्ली में रहने लगे, जिनमें से कुछ हसन निज़ामी के सहपाठी भी हुए। शाही घरों की बेग़मों, शहज़ादियों पर क्या गुज़री, ज़िंदगी के तबाहकुन हालात में क्या-क्या झेलते रहे, वे दास्तानें निज़ामी साहब ने कलमबंद कीं। एक किताब 'बेग़मात के आंसू' छपी, ज़ब्त भी हुई, फिर छपी कई बार, उसी किताब की कुछ वारदातें अब नैशनल बुक ट्रस्ट ने हिंदी में प्रकाशित की हैं—"1857 की कहानियां"।

इन तबाहियों में, एक मालिन के बेटे के इश्क़ की दास्तान है, शहज़ादी से बेपनाह मुहब्बत लिए। ज़ाहिर है कि उसके पास दरवेश हो जाने के सिवा कोई रास्ता नहीं था। क़ुदरत उस इश्क़ की आग, इंसान के ख़ाकी ज़िस्म में किस तरह जलाए रखती है, और उसे फिर शहज़ादी का दीदार कैसे होता है, मुहब्बत के पहलू से यह दिल हिला देनेवाली दास्तान है। वही यहां पेश है—मह जमाल।

ख़्वाजा हसन निज़ामी की कलम से—मह जमाल

मह जमाल

"दिलशाद ! गुदगुदियां न कर, मुझे सोने दे। नमाज़ कजा होती है तो क्या करूं। आंख खोलने को जी नहीं चाहता।"

"अरे गुदगुदियां मैंने नहीं कीं। यह गुलाब का फूल तुम्हारे तलवों से आंखें मल रहा है।"

"मैं इस फूल को मसल डालूंगी। इतने सवेरे मुझे क्यों जगाता है? मेरा दिल अभी सोने को चाहता है। ज़रा सुंदरी को बुला। बांसुरी बजाए हलके सुरों में भैरवी सुनाए। गुलचमन कहां है, चम्पी करे। तू कोई कहानी सुना।"

"कहानी कहूंगी तो मुसाफ़िर रास्ता भूलेंगे। दिन में कहानी नहीं कहनी चाहिए। सुंदरी हाज़िर है। गुलचमन को बुलाती हूं। अम्मा जान जाएं तो नाराज़ होंगी कि मह जमाल को अब तक नहीं जगाया। नमाज़ का वक़्त निकला जाता है।"

सुंदरी बांसुरी बजा रही थी कि मह जमाल ने आंखें खोल दीं। बालों

को समेटा, मुस्कुराई और कलिमा पढ़ा। नरगिस ने सलाम किया। उत्तर में उसके एक चुटकी ली गई। अंगड़ाई लेकर उठ बैठी और कहा :

"दिलशाद हमने नरगिस के चुटकी ली तो ये हंसी नहीं। मुंह बना लिया। आ तू आ... । मेरे कान मरोड़ दूं और तू खूब हंस।"

दिलशाद उठकर भागी, दूर खड़ी हुई और कहा—"लीजिए, मैं खिल-खिलाकर हंसती हूं। आप समझ लीजिए कान मरोड़ दिए।"

मह जमाल ने फिर अंगड़ाई ली और मुस्कुराती हुई चौकी पर जा बैठी। वजु किया। नमाज़ पढ़ी। आंगन में निकली, बाग़ के पास तख्त पर बैठी। क़ुरान-शरीफ़ पढ़ना शुरू किया। सब लौंडियां (नौकरानियां) घर की सफ़ाई में लग गईं। नाश्ते की तैयारी करने लगीं।

मह जमाल क़ुरान शरीफ़ पढ़ चुकी तो मालिन छोटी-सी बांस की टोकरी में कुछ हरी मिर्चों लेकर हाज़िर हुई। पहले मह जमाल की बलाएं लीं, आशीर्वाद दिया, फिर बोली—"सरकार आज हुज़ूर के लगाए हुए पौधों में ये मिर्चे लगी थीं। आपको सम्मान-सहित भेंट करने आई हूं।"

मह जमाल ने टोकरी हाथ में ले ली। सब लौंडियों को पुकारा और मिर्चों के आगमन से महल में एक धूम मच गई। नरगिस ने कहा—"कैसी हरी-हरी चिकनी सूरत है।" दिलशाद बोली—"जैसे मालकिन के गाल।" सुंदरी ने कहा—"कैसी चुपचाप लेटी हैं जैसे मालकिन छप्परखट में सोती हैं।" गुलचमन बोली, "डाली से टूटी हैं, घर से छूटी हैं इसलिए कुछ चुपचाप हैं।"

मह जमाल ने कहा—"मालिन को जोड़ा दो और कपड़े पहनाओ।

पांच रुपए नक़द भी देना। मेरे पौधों का पहला रस लाई है इसका मुंह भी मीठा कराना।"

मालिन को रेशमी जोड़ा मिला। चांदी के कड़े पहनाए गए। लड्डू खिलाए गए। पांच रुपए नकद और पान का बीड़ा मिला। वह दुआएं देती हुई अपने घर चली गई। उधर अम्मा जान को दासी ने सूचना दी कि मालकिन के पौधों में पहला फल आया है। वह बराबर के मकान में आईं। मुग़लानी (ऊंचे दर्जे की दासी) साथ थी। बेटी की बलाएं लीं। मह जमाल ने आदाब किया। अम्मा और मुग़लानी ने मिर्चों की खूब प्रशंसा की और देर तक मिर्चों की चर्चा घर में होती रही।

मह जमाल खुर्शीद जमाल की इकलौती बेटी थी। उसके पिता मिर्ज़ा अली गौहर उर्फ नीली शाहआलम के बेटे अकबर शाह सानी (द्वितीय) के भाई थे जो मर चुके थे। ख्वासों (विशेष दासियों) से उनके कई बच्चे थे मगर बेग़म से केवल एक लड़की मह जमाल पैदा हुई थी और वह भी बुढ़ापा आ जाने के बाद। जब मिर्ज़ा नीली मरे तो मह जमाल की उम्र सिर्फ़ पांच साल थी। अब वह पंद्रहवें साल में है। रंग सांवला है, चेहरा किताबी है, क़द मझोला है, आंखें काली और अत्यंत रसीली और मादक हैं, आवाज़ में एक तरह की संवेदना है। जब हंसकर बोलती है तो ऐसा लगता है कोई मरसिया (किसी के मरणोपरांत उसके विषय में लिखी गई कविता) पढ़ा गया। सुनकर कलेजे पर चोट लगती है। वह बहुत चंचल, शोख, आरामपसंद और मृदुल स्वभाव की है। लाड़-प्यार में पली है। शहज़ादी है, बिन बाप के इकलौती है और स्वभाव से कुछ ज़िद्दी और हठीली है। शरीर बहुत दुबला है। चलती है तो अप्राकृतिक ढंग से बदन को झुकाती है। फूलों की टहनी की तरह इधर-उधर झकोले खाती हुई

चलती है। ठोकरें कदम-कदम पर लगती हैं। दासियां साथ दौड़ती हैं। बिस्मिल्लाह या अल्लाह ख़ैर कहती जाती हैं।

फूलवालों की सैर थी। बहादुरशाह अपने नए जफ़र महल में, जो दराह हजरत ख़्वाजा कुतुब साहिब के दरवाज़े के निकट बना था, तशरीफ़ रखते थे। बेग़मात अंदर थीं। मगर खुर्शीद जमाल और मह जमाल ने दूसरा मकान लिया था। क्योंकि मिर्ज़ा नीली के समय से ही उनकी और बहादुरशाह की अनबन थी। बहादुरशाह को अंग्रेज़ लाख रुपए महीना देते थे। उसमें से एक हज़ार रुपए प्रति मास खुर्शीद जमाल को अलग भेज दिए जाते थे। सस्ती का जमाना था। हज़ार रुपए आजकल के लाख रुपए के बराबर थे और खुर्शीद जमाल बहुत वैभव और आराम से जीवन बिता रही थी। जिस शाम को पंखा चढ़ा मह जमाल तीसरे पहर के समय बरामदे में चिलमन के पास बैठी थी। बाहर नफीरी बज रही थी। दिल्ली के हिंदू-मुसलमान रंग-बिरंगे बढ़िया कपड़े पहने पंखे के साथ थे। दुकानें सजी हुई थीं। सक्के (कमर पर मशक लादे हुए पानी वाले) कटोरे बजा रहे थे।

मग़रिब (शाम की नमाज़) का समय आया तो खुर्शीद जमाल ने लौंडियों से कहला भेजा कि पहले आकर नमाज़ पढ़ लो फिर तमाशा देखना। मह जमाल उठी तो चलते समय उसने देखा कि एक फ़क़ीर सफ़ेद क़फ़नी (एक तरह का कपड़ा जो गले में ऊपर से पहना जाता है) पहने पीला चेहरा, नंगे सिर, नंगे पांव पंखों के पास से गुज़रकर उसको देखता हुआ चला गया। उसकी सूरत और क़फ़नी देखकर मह जमाल डर गई। नमाज़ में भी उसी का ख़याल आता रहा। सैर से निपटकर सोई तो रात को भी क़फ़नी कई बार सपने में दिखाई दी। सवेरा हुआ। हल्का-हल्का बुखार था। मां को सूचना मिली। उन्होंने कुछ पढ़कर फूंका, संदूक से एक ताबीज निकालकर गले में डाला। फ़क़ीरों को भीख भिजवाई।

दोपहर को बुखार तेज हो गया। मह जमाल चौंकती थी और कहती थी वह क़फ़नी वाला आया। वह मुझको बुलाता है। अम्मा जी आना वह देखो, खड़ा मुस्कुराता है।

मां ने दासियों से पूछा। उन्होंने कहा—"एक फ़क़ीर शाम को क़फ़नी पहने जा रहा था। मालकिन नमाज़ के लिए उठीं तो चिलमन का पर्दा हट गया। फ़क़ीर ने इनको घूरकर देखा। उसके बाद वह कहीं चला गया।"

खुर्शीद जमाल ने नौकरों को हुक्म दिया कि उस वेशभूषा का फ़क़ीर जहां मिले उसको लाओ। नौकर सारे मेले में ढूंढ़ते फिरे। शाम होते-होते वह फ़क़ीर मिला। खुर्शीद जमाल ने पर्दे के पास बिठाकर लड़की का हाल कहा। वह बोला—"मुझे अंदर ले चलो। मैं कुछ मंत्र पढ़कर फूंक दूंगा। अच्छी हो जाएगी।"

खुर्शीद जमाल ने अंदर पर्दा कराया। फ़क़ीर को पलंग के पास खड़ा किया। उसने आंखें बंद करके दोनों हाथ अपने गालों पर रखे और चुप खड़ा रहा। फिर कहा—"लो लड़की अच्छी हो गई।"

देखा तो सचमुच बुखार उतर गया था। मह जमाल उठ बैठी। खुर्शीद जमाल और सब लौंडियां हैरान हो गईं। फ़क़ीर को बिठाया। कुछ रुपए और कपड़े के दो थान भेंट किए। फ़क़ीर ने कहा, "यह मैं नहीं लेता। मुझे लड़की की सूरत दिखा दो। नहीं तो वह फिर बीमार हो जाएगी।"

खुर्शीद जमाल पहले तो कुछ हिचकिचाई। फिर ख़याल आया कि फ़क़ीर तो मां-बाप होते हैं। पर्दा हटाया। मह जमाल ने फ़क़ीर को देखा और सिर झुका लिया। फ़क़ीर ने मह जमाल को देखा और बराबर देखता रहा। कुछ देर के बाद 'भला हो बाबा' कहकर उठा और चला गया।

वह तीस साल का जवान था। लेकिन बीमार मालूम होता था। चेहरे पर पीलापन बहुत ज़्यादा था। सफ़ेद क़फ़नी के सिवाय कोई कपड़ा पास नहीं था। आंखें ऐसी मालूम होती थीं जैसे रोते-रोते सूज गई हैं।

वह जवान उस मालिन का बेटा था जो मह जमाल के पास बाग की रक्षिका थी। उसने मह जमाल को एक साल पहले बाग में देखा था। अपनी ग़रीबी और मह जमाल की शान का ख़याल करके उसकी हिम्मत नहीं होती थी कि इस तकलीफ़ को किसी के सामने बयान करे जो मह जमाल को देखने से अपने आप उसके अंदर पैदा हो गई थी।

छह महीने वह इस झंझट में परेशान रहा। इसके बाद उसको एक हिंदू योगी मिला। जिससे उसने अपना हाल बयान किया। योगी ने एक सफ़ेद क़फ़नी दी कि इसको पहन ले तेरे सब काम पूरे हो जाएंगे। क़फ़नी पहनते ही वह नीम मजज़ूब (दीवाना जो बेसुध रहता है और औल-पौल बकता है) हो गया। और घर-बार छोड़कर जंगल में निकल गया। छह महीनों तक जंगलों में फिरता रहा। छह महीने के बाद अब वह फिर आबादी में आया था जहां उसने फिर मह जमाल को देखा। मगर अब उसके देखने में ऐसी ताक़त पैदा हो गई थी कि मह जमाल को उसने एक निगाह में बीमार कर दिया।

यह घटना 14 सितम्बर 1857 ई. की है। एक रथ नजफगढ़ के नजदीक़ खड़ा था और खाकी वर्दी पहने फौज़ी उसको घेरे हुए थे। ये सब लश्कर के सिपाही थे। इस रथ में खुर्शीद जमाल, मह जमाल और दो लौंडियां सवार थीं। बाहर चार नौकर तलवारें लिए खड़े थे। लश्कर के सिपाही कहते थे कि हम रथ के अंदर तलाशी लेंगे। इसमें कोई बागी छिपा है। बेग़म के नौकर कहते कि अंदर सिर्फ़ औरतें हैं। इसलिए हम पर्दा नहीं उठाने

देंगे। बात बढ़ते-बढ़ते लड़ाई तक पहुंची। नौकरों ने तलवारें चलाईं और सब ऐसे लड़े कि एक भी जिंदा न बचा। फौजियों ने रथ का पर्दा उलट दिया। औरतों को देखा और जेवर का संदूक उनसे छीन लिया। इसके अलावा जितना सामान था वह भी लूटकर आगे बढ़ गए। रथवान भाग गया था। बेग़म लौंडियों को लेकर नजफगढ़ की तरफ़ चली कि इतने में गूजर लट्ठ लिए हुए आए और उनसे जेवरात और कपड़े मांगे। बेग़म ने कहा कि हमको तो फौज़ वालों ने लूट लिया है। अब हमारे पास कुछ नहीं है। तुम रथ और बैल ले लो। लेकिन गूजरों ने नहीं माना और उन्होंने ज़बरदस्ती उनके बर्के उतार डाले और सब फालतू कपड़े छिन लिए। खुर्शीद जमाल और लौंडियों को भला-बुरा कहना शुरू किया। एक गूजर ने खुर्शीद जमाल के सिर पर लाठी मारी और दूसरों ने लौंडियों पर लाठियों से प्रहार किए। मह जमाल डरी-सहमी चुप खड़ी थी। उसको किसी ने न छेड़ा। खुर्शीद जमाल का सिर फट गया और वह तड़पकर मर गई। दोनों लौंडियां भी गहरी चोट से न बच सकीं। मह जमाल अकेली खड़ी तमाशा देखती थी। मां को मरते देखा तो लिपटकर रोने लगी। गूजर तो मारपीट करके चले गए और मह जमाल रोते-रोते बेहोश हो गई। होश आया तो उसने देखा कि न उसकी मां की लाश है, न लौंडियों की लाशें ही हैं और न वह जंगल है। बल्कि वह एक घर के अंदर चारपाई पर लेटी है। सामने एक गाय बंधी खड़ी है। कुछ मुर्गियां आंगन में फिर रही हैं। और चालीस-पचास साल की उम्र का मेवाती सामने बैठा अपनी बीवी से बातें कर रहा है। मह जमाल को फिर रोना आ गया और उसने मेवाती की बीवी से पूछा—"मेरी अम्मा कहां है?" मेवातन ने कहा—"वह मर गई। इसलिए उनको दफ़न कर दिया। तुमको यहां लाएं हैं। तुम कुछ खाओगी? खीर पकी है, खा लो।"

महं जमाल ने कहा—"मुझे भूख नहीं है।" और हिचकियां ले-लेकर रोने लगीं। मेवातन पास आ गई और उसे दिलासा देने लगी और कहा—"बेटी, सबर करो। रोने से क्या होता है? अब तेरी मां जिंदा नहीं हो सकती। हमारे औलाद नहीं है। बेटी बनाकर रखेंगे। इस घर को तू अपना घर समझ। तू कौन है। मेरा बाप कहां है। और तू कहां जा रही थी?"

मह जमाल ने कहा—"मैं दिल्ली के बादशाह के खानदान से हूं। मेरे अब्बा जान ग्यारह साल पहले मर गए थे। हम गदर की भागड़ में घर से निकले थे। नजफगढ़ में हमारे बाप का माली रहता है। उसके घर में जाना चाहते थे कि रास्ते में पहले फौज वालों ने लूटा फिर गूजरों ने अम्मा और दो लौंडियों को मार डाला।" कहते-कहते फिर रोने लगी।

कुछ रोज़ मह जमाल मेवातन के यहां आराम से दिन काटती रही। अगरचे वह पिछले वक़्त को याद कर-करके रोती थी लेकिन मेवातन की मुहब्बत के सबब उसको किसी बात की तकलीफ़ न थी। पकी-पकाई रोटी मिल जाती थी। फिर भी मह जमाल को यह घर और इसकी सादगी काटे खाती थी और उसको पिछले ज़माने की ऐश याद आती थी।

एक रात को मह जमाल और मेवातन और उसका पति अपने मकान में सो रहे थे कि पड़ोसी के एक छप्पर में आग लग गई और वहां से बढ़कर उनके छप्पर में भी आ लगी। धुएं की बू से मह जमाल की आंख खुल गई और वह चीख़ती हुई उठी। मेवातन और मेवाती का कुछ जेवर घर के अंदर रखा था। वे उसको लेने के लिए अंदर भागे और मह जमाल घर से बाहर भागी। कोठे का जलता हुआ छप्पर गिर पड़ा और वे दोनों उसके अंदर जलकर मर गए। क़स्बे वालों ने बहुत मुश्किल से आग बुझाई। लेकिन मह जमाल का यह ठिकाना भी जलकर राख का ढेर हो गया।

क़स्बे वालों ने सवेरे जली हुई लाशें दफ़न कीं। मह जमाल को एक नम्बरदार घर में ले गया। उसके कई बच्चे और दो बीवियां थीं। मह जमाल को एक चारपाई सोने के लिए दी गई। वह दिन तो गुज़र गया। रात को एक बीवी ने कहा—"अरी लड़की, दूध चूल्हे पर रख दे।" दूसरी बोली—"अरी इधर आ। मेरे बच्चे को सुला दे।" एक वक़्त में दो हुक्म सुनकर मह जमाल कुछ घबरा गई। उसने न कभी दूध चूल्हे पर रखा था और न ही किसी बच्चे को लोरियां देकर सुलाया था। फिर भी वह दूध को उठाकर चूल्हे पर रखने के लिए चली। चूल्हे के नज़दीक आकर ठोकर लगी, हांडी हाथ से गिर पड़ी और टूट गई। सारा दूध बिखर गया। आवाज़ सुनकर नम्बरदार की बीवी दौड़कर आई और दूध गिरा हुआ देखकर एक दोहत्थड़ मह जमाल के गाल पर मारा और गालियां बकने लगी।

मार खाने और गालियां सुनने का उसका यह पहला मौक़ा था। मह जमाल खड़ी थर-थर कांप रही थी। दूध उसके कपड़ों पर भी गिरा था। कभी वह कपड़ों को देखती और कभी नम्बरदार की बीवी को जो लगातार गालियां बक रही थी।

आख़िर वह दीवार के सहारे खड़ी हो गई और फूट-फूटकर रोने लगी। मह जमाल को रोता देखकर नम्बरदार की बीवी को फिर ग़ुस्सा आ गया और उसने अपनी जूती निकाल दो-तीन उसके चेहरे पर मारी और कहा—"अब तू मुझको रोकर डराती है। मुई डायन। मेवातन को खा गई। अब यहां किसको खाने आई है? मेरा सारा दूध फेंक दिया। ख़ुदा रखे मेरे बच्चों को, दूध का चूल्हे के सामने गिरना अशुभ होता है। पता नहीं तेरा आना क्या मुसीबत लाएगा।"

मह जमाल के चेहरे पर जूतियां पड़ीं तो वह बिलबिला उठी और उसने

दोनों हाथों से अपना मुंह छिपा लिया। इतने में नम्बरदार आ गया। उसने यह शोर सुना तो वह भी वहां आ पहुंचा। मह जमाल वहां से भागकर अपनी चारपाई के पास आ गई। नम्बरदार और उसकी बीवी दालान में आए। नम्बरदार ने बीवी से पूछा कि क्या हुआ था। उसे सारी कहानी बयान की। नम्बरदार ने कहा—"चलो जाने दो। ग़रीब औरत है। भूल हो गई। कुछ ख़याल न करो।" दूसरी बोली—"यह ग़रीब नहीं है, बहुत कामचोर है। मैंने आवाज दी कि बच्चे को सुला दे तो कानों में बोलमार कर चुप हो गई और सुनी-अनसुनी कर दी। तुम इसको बेग़म बनाकर लाए हो या नौकर बनाकर? नौकर है तो इसको काम करना पड़ेगा।" नम्बरदार ने कहा, "मैं तो लावारिस समझकर लाया हूं। इसको काम करना चाहिए। हमको एक नौकरानी की जरूरत भी थी।"

मह जमाल ने डरते-डरते कहा—"मैंने आज तक कोई नौकरी नहीं की। तुम मुझको सिखा दो। तक़दीर ने यह वक़्त मुझ पर डाला लेकिन नौकरी करनी न सिखाई। मेरे सामने तो लौंडियां काम करती थीं। मैंने तो कुछ काम नहीं किया।"कहते-कहते उसको ऐसा रोना आया कि हिचकी बंध गई।

नम्बरदार ने कहा—"तू रो मत। आहिस्ता-आहिस्ता सब काम आ जाएगा।" इसके बाद मह जमाल को कुछ खाने को दिया लेकिन उससे खाया न गया और वह ख़ाली पेट ही सो गई। सुबह हुई तो नम्बरदार की बीवी ने उसको ज़ोर से झिंझोड़ा और कहा—"अरी उठती नहीं, कब तक सोएगी? झाड़ू देने का वक़्त है।"

मह जमाल को याद आया कि दिलशाद, नरगिस, सुंदरी उसको किस तरह जगाया करती थीं। एक वह वक़्त था और एक यह वक़्त है। ठंडी

सांस लेकर उठी और पुरानी आदत के मुताबिक़ दो-चार अंगड़ाइयां लीं।

नम्बरदार की बीवी ने धक्का देकर कहा—"अनिष्ट फैलाती है। उठती नहीं।" उस समय मह जमाल ने जाना कि अब वह सचमुच दासी बन गई है। शहज़ादी नहीं रही। तुरंत उठी, मगर आंसू लगातार उसकी आंखों से बह रहे थे। नम्बरदार की दूसरी बीवी ने कहा—"इस औरत का गुज़र हमारे घर में न होगा। हर वक़्त रोती रहती है। बाल-बच्चों के घर में इस मनहूस को रखना अच्छा नहीं है।" इतने में नम्बरदार आ गया और उसने बीवियों के कहने से मह जमाल को खड़े-खड़े घर से निकाल दिया।

मह जमाल हैरान-परेशान खड़ी थी और बड़बड़ा रही थी—"अल्लाह, किधर जाऊं।" इतने में उसको अपनी मालिन का ख़याल आया कि वह इसी कस्बे में रहती थी और अम्मा उसी के यहां ठहरने आई थीं।

मह जमाल यह सोच ही रही थी कि इतने में वही क़फ़नी वाला फ़क़ीर सामने से आया और मह जमाल को देखकर खड़ा का खड़ा रह गया। मह जमाल पर इस अचानक मिलन का बहुत असर हुआ और वह भी गुमसुम-सी हो गई। यद्यपि वह ऐसी मुसीबत के हाल में थी कि उसको तन-बदन का होश न था फिर भी फ़क़ीर और उसकी क़फ़नी और लाल-लाल आंखों का ऐसा असर उस पर हुआ कि सारे शरीर में सनसनी होने लगी।

फ़क़ीर ने कहा—"मेरी मलिका तुम यहां कहां?" मह जमाल ने मेरी मलिका का शब्द सुना तो लिहाज से मुंह फेर लिया और कहा—"मुझको मेरी तक़दीर यहां ले आई है।" और फिर सारी घटना कह सुनाई। फ़क़ीर ने कहा—"मेरा घर तो क़रीब है। मगर मैंने कभी आपका हाल न सुना। चलिए, मेरे घर चलिए।"

मह जमाल उसके पीछे-पीछे चली। वह अपने घर में गया और मालिन से मह जमाल का हाल कहा। वह दौड़ी हुई आई और मह जमाल के पैरों पर गिर पड़ी और परवानों की तरह उस पर न्योछावर होने लगी। उसके बाद बड़े सम्मान से चारपाई पर बिठाया और हालात पूछती रही और कहा—"बेग़म, यह घर आपका है। मेरे बेटे के सिवाय और कोई नहीं। आपके घर की बदौलत ख़ुदा ने मालामाल कर रखा है। अब आप इस घर की मालकिन हैं। मैं और मेरा बेटा आपके ग़ुलाम हैं।"

मालिन ने अपनी हैसियत के अनुसार इतना आराम मह जमाल को पहुंचाया कि वह अपनी मुसीबतों को भूल गई। उसने देखा कि मालिन के लड़के के पास दूर-दूर से मरीज आते हैं और वह क़फ़नी पर हाथ मलता है। फिर अपने दोनों गालों पर उनको रखता है और आंखों को कुछ देर बंद करके खोल देता है और कहता है कि 'जाओ तुम अच्छे हो' और सब बीमार देखते ही देखते अच्छे हो जाते हैं।

मह जमाल कई दिनों तक यह तमाशा देखती रही फिर उसने मालिन से पूछा—"तेरे लड़के में यह ताक़त कहां से आ गई। इसने मुझको भी एक दिन इसी तरह अच्छा कर दिया था।"

मालिन ने हाथ जोड़कर कहा—"बेग़म, जान की अमान पाऊं तो कहूं।" मह जमाल ने कहा—"अब मैं जान की अमान देने के क़ाबिल नहीं हूं। तुम कहो मुझे इस भेद को मालूम करने का शौक़ है।"

मालिन ने कहा—"बेग़म, मेरे लड़के को आपसे मुहब्बत हो गई थी और आपके वियोग में उसने बहुत दुःख उठाए। आख़िर एक फ़क़ीर ने उसको यह क़फ़नी दी। यह उसी की बरक़त (विभूति) है जिससे हज़ारों

को फ़ायदा पहुंच रहा है और ख़ुदा ने घर बैठे आपको भी यहां भेज दिया।"

मह मजाल पर इस बात का बहुत असर हुआ और कुछ दिन के बाद उसने मालिन से कहकर क़ाजी को बुलवाया और क़फ़नीपोश से निक़ाह कर लिया।

मालिन ने अपनी सारी उम्र मह जमाल की ऐसी सेवा की और इतने प्यार से रखा कि वह कहती थी कि मुझको अपना बचपन याद नहीं आया।

मगर मालिन के लड़के ने क़फ़नी पहनना कभी न छोड़ा और उस क़फ़नी का फ़ैज़ दूर-दूर तक मशहूर हो गया और इस तरह मह जमाल की सोई क़िस्मत उस क़फ़नी ने जगा दी।

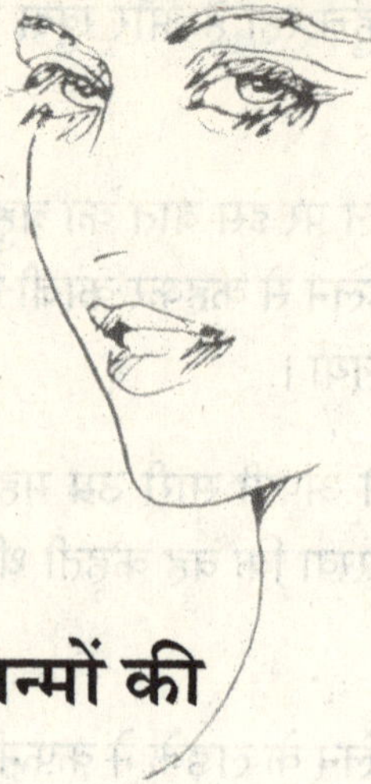

एक प्रेम कहानी–दो जन्मों की

एक जर्मन लड़की की ज़ुबानी :

1970 की बात है। मैं फ्रैंकफर्ट में थी अपने घर, कि कोई भारतीय हमारे घर आया। घर में किसी ने न पहचाना कि वह किसका मित्र था। बस अचानक आ गया था। रात हमारे घर रहा। सुबह नाश्ते के समय हमने एक-दूसरे से पूछा कि उसका मित्र है? पर घर में कोई नहीं जानता था कि वह किसका मित्र था। पर हम सबको अच्छा लगा था, हमने सोचा, अगर वह कुछ दिन हमारे पास रहना चाहता है, तो रह ले।

उसे पूछा—कि वह कैसे आया?

बोला—बस घर के बाहर से निकल रहा था कि लगा, अंदर जाऊं, इसलिए आ गया...

वह लगभग दो महीने हमारे पास रहा। उसका नाम रवि था। और फिर एक दिन उसने फ़ैसला किया कि उसने वापिस जाना है, भारत।

यह बात उसने जैसे ही कही, तब मेरे भीतर से कुछ उमड़ा कि मैंने उसके साथ जाना है... घर के सभी लोग हैरान थे, क्यों? एक अजनबी के साथ क्यों जाना है?

मेरे पास पक्की नौकरी थी, अपना घर था। मैं यह भी नहीं जानती थी कि मैं भारत जाकर क्या करूंगी? शायद हिमालय में घूमूंगी, पर्वतों में... इससे बढ़कर मैं कुछ नहीं जानती थी...

जब मैं रवि के साथ बम्बई पहुंची, वह मुझे अपने मां-बाप के घर ले गया। वहां मुझे सब कुछ सपने जैसा लग रहा था। मैं क्यों आई हूं? रवि के लिए नहीं, भारत के लिए नहीं, फिर क्यों आई हूं?

एक दिन एक आस्ट्रेलियन, रवि के घर आया। वह रात को कहने लगा—चलो आचार्य रजनीश के प्रवचन में जाते हैं...

मैंने कहा—मैंने किसी प्रवचन में नहीं जाना। पर मैं उन लोगों के साथ गई। नहीं जानती क्यों गई? पर गई।

हम लोग ज़रा देर से पहुंचे थे। मंच पर रजनीश बैठे थे, चौकड़ी मारकर, एक शाल कंधों पर लिया हुआ था। वे हिंदी में बोल रहे थे...

मैं सबसे पीछे खड़ी थी। हज़ारों लोग मेरे आगे थे। सारे भारतीय। यह समागम खुली जगह पर हो रहा था। चर्च गेट के नज़दीक। और रजनीश दूर से मुझे एक बिंदू की तरह दिख रहे थे...

मैं आगे बढ़ने लगी। और भीड़ में से रास्ता बनाती, बिल्कुल आगे पहुंच गई, और बैठ गई... लगा—मेरे होश गुम हो रहे हैं...

वह आस्ट्रेलियन मुझे इशारा कर रहा था, वहां से उठने के लिए और लौटने के लिए। उसके लिए यह प्रवचन का तज़ुर्बा काफ़ी था। मैंने कहा—मैं नहीं जा सकती। मैंने यहां ठहरना है। इस तरह हम प्रवचन के अंत तक बैठे रहे। मैं जैसे गहरे सपने में उतर गई थी...

मेरे लिए सब कुछ अनजाना था। नहीं जानती थी कि मेरे साथ क्या हो रहा है... यह रजनीश कौन है?

हम घर लौटे। अगली रात वह बोला—एक ध्यान-शिविर हो रहा है। माउंट आबू में, तुम जाना चाहोगी?

मैंने कहा—मैं ध्यान नहीं कर सकती। वे लोग मुझे शिविर से बाहर निकाल देंगे...

वह कहने लगा—नहीं, ऐसा नहीं होता। वहां कोई भी जा सकता है।

हम माऊंट आबू चले गए। वे लोग ध्यान करने लगे तो मैं झाड़ियों में छुप गई...

पता नहीं लग रहा था कि वे लोग क्या कर रहे हैं। बहुत गहरे-गहरे सांस ले रहे थे। रो रहे थे। फिर हू... हू... करते हुए उछल रहे थे। हंस रहे थे। मुझे पता नहीं लग रहा था कि वह क्या हो रहा है...

फिर एक औरत मेरे पास आई, बोली—आचार्य देख रहे हैं कि तुम कुछ नहीं कर रही...

मेरे होंठों से निकला—ऐसे सांस खींचना मुझे नहीं आता...

वह बोली—आचार्य तुम्हें साढ़े तीन बजे मिलना चाहते हैं...

मैं घबराई भी थी, पर उत्साह-सा भी आया। इस तरह मैं सर्किट हाउस गई थी, जहां रजनीश ठहरे हुए थे।

मैं जाकर दरवाज़े पर खड़ी हो गई। दरवाज़े से देखा—रजनीश एक कुर्सी पर बैठे थे, चौकड़ी लगाकर। एक लुंगी पहनी हुई थी, और किसी से बातें कर रहे थे।

उन्होंने मुझे दरवाज़े से देखा, मेरे पैर जैसे बेजान से हो गए, घुटने कांपने लगे... मेरे पीछे खड़े एक भारतीय ने मुझे सहारा दिया।

अंदर गई। रजनीश ने पूछा—क्या ध्यान में तुम्हें कुछ मुश्किल आ रही है?

मुझसे बोला नहीं गया। मैं खिड़की से बाहर आसमान की ओर देख रही थी...

चाहती थी कोई जवाब देना, पर बोला नहीं गया। लगा—मेरे होश गुम हो गए हैं...

फिर एक दिन संध्या के समय, ध्यान के बाद, रजनीश अपनी कार में बैठने लगे थे कि उन्होंने मुझे अपने पास बुलाया। हर कोई उनके पास होना चाह रहा था। मैं दूर खड़ी थी। पास बुलाकर उन्होंने मेरे कंधे पर हाथ रखा, और बोले—तुम मेरे पास रहोगी। बम्बई आ जाना, और मेरे पास आ जाना।

पहली बार उन्होंने कुछ इस तरह कहा था। और जब मेरे कंधे को उनका हाथ छुआ—मैं उनके सीने से लग गई। लगा—कुछ भूल-बिसर चुका था, वही सब लौट रहा है...

मेरे संन्यास लेने के बाद की बात है—एक दिन रजनीश अपने कमरे में बैठे प्रवचन दे रहे थे, अंग्रेजी में। हम सभी दूसरे कमरे में थे, कि अचानक मुझ लगा... बड़ी तीखी तेज़ लकीर-सी मेरे भीतर से गुज़र गई है... मैं अचानक अंदर चली गई। उस समय मुझे मेरे पूर्व जन्म का अनुभव हुआ...

उस समय मुझे जन्मों की बात पता नहीं थी। इसाईयत ढंग से सोचती थी कि एक ही ज़िंदगी होती है। भीतर जो कुछ घटा था, ठहरा नहीं, मैं फिर अब के काल में आ गई 1971 ई. में...

संन्यास लेने के बाद रजनीश ने पूछा था—क्या तुम्हें मेरा याद है? कुछ याद आता है?

उनके लफ़्ज़ थे, कि मेरे भीतर फिर कुछ हुआ। सब कुछ उल्टा-सीधा हो गया। होंठों से निकला—याद आता है कि आप वह दिखते हो, जिसे मैंने बहुत मुहब्बत की थी। पर याद नहीं आता मैं कौन थी। बस एक ही बात याद आती है कि वह कोई ऐसा था, जिसे मैंने बहुत चाहा था...

यह बात 1974 ई. की है, जब हम सभी बम्बई से पूना आ गए थे...

उन्होंने फिर पूछा... कुछ याद आता है?

मुझे स्पष्ट कुछ नहीं थी, पर एक रात जब मैं अपने बिस्तर पर बैठी थी, वह समय मेरे सामने आ गया, जब मैं मरी थी। वह घर, मेरे पिता...

याद आया मेरी मां मुझे छोड़कर जा चुकी थी। वह बड़ी कमाल की औरत थी, और वह किसी के साथ पाकिस्तान चली गई थी। किसी को मुहब्बत करने लग गई थी...

मेरी मौत का समय मेरे सामने आया—घर के बाहर दालान में या बगीचे में लोग बैठे हुए थे। पर रजनीश भीतर थे, मेरे कमरे में, अकेले, और मैं मर रही थी...

उस जन्म में मेरा नाम शशि था। रजनीश मुझसे दो वर्ष बड़े थे। और तब वे 17 वर्ष के थे...

याद आया—मैं मरना नहीं चाहती थी, मैं रजनीश के साथ जीना चाहती थी, रजनीश को छोड़कर नहीं जाना चाहती थी...

मैंने मरने से पहले रजनीश से वचन लिया कि वे मुझे वापिस बुला लेंगे, मैं जहां भी होऊं, मुझे बुला लेंगे, अपने पास...

और मैंने मरने से पहले रजनीश से वचन लिया कि वे विवाह नहीं करेंगे...

सब कुछ याद आ गया—कि हमारा घर मंदिर के नज़दीक होता था। रजनीश मंदिर में जाकर ध्यान करते थे, वे जब मंदिर जाते, मैं अपने घर की खिड़की में बैठकर या बगीची में बैठकर उन्हें देखती रहती थी। कई बार उनके पीछे-पीछे मंदिर चली जाती। वे कहते, तुम मुझे तंग करने आ गई हो...

मंदिर एक पहाड़ी की चोटी पर था। उसके एकदम नीचे एक नदी बहती थी..

वही गांव था गाडरवाड़ा, जहां रजनीश पैदा हुए थे। वही मेरा गांव था। अब जब रजनीश अपने प्रवचन में उस नदी का ज़िक्र करते हैं, उसी नदी में मैं उनको तैरते देखा करती थी...

रजनीश का एक मित्र था—श्याम। उसे रजनीश मंदिर के दरवाज़े पर खड़ा कर देते, पहरा देने के लिए शशि अंदर आकर मुझे तंग न करे...

मैं तंग नहीं करती थी। रोटी और दाल ले जाती थी, चुपचाप मंदिर में जाकर रखती थी कि वह ध्यान से उठकर कुछ खा लें।

रजनीश अकेले रहना चाहते थे, पर मैं बहुत शरारती हुआ करती थी...

अब जब उन्होंने माउंट आबू में कहा—तुम मेरे पास आ जाओ, पर अभी समय नहीं आया, बताऊंगा। और मैं इंतज़ार करती रही। 1974 ई. में जब पूना आए तो उन्होंने मुझे इजाज़त दी, पास रहने की।

मैं तब से उनकी देखभाल करती हूं। उनको सोये हुए भी देखती रहती। वह एक बच्चे की तरह सहज सोये होते, सोये हुए बच्चे भी लगते, बुद्ध भी...

संन्यास के बाद पुनर्जन्म की शशि का नाम निरवाणो हुआ। यह हक़ सिर्फ़ उन्हें ही हासिल हो सकता था, कि ओशो की तबीयत जब तक ठीक नहीं होती, वह उस हालत में भी प्रवचन देने के लिए जाना चाहते तब वह निरवाणो उनका कमरा बंद करके बाहर से ताला लगा देती...

बहुत देर हुई, मैंने ओशो की किसी किताब में (नाम याद नहीं) इस शशि का और इसकी मौत का ज़िक्र पढ़ा था। उनकी उदासी का भी। पर अब उस शशि के अपने लफ़्ज़ों में वह कही-सुनी वार्ता मेरे सामने है—दो जन्मों की एक बेमिसाल वार्ता।

ओशो ने 19 जनवरी 1990 ई. में यह शरीर त्याग दिया था। आश्रम में यह बात सबको पता थी, कि ओशो शरीर त्याग रहे हैं। उससे ठीक 40 दिन पहले आश्रम में रहती ओशो की इस सखी ने अपनी मर्ज़ी से अपना शरीर त्याग दिया।

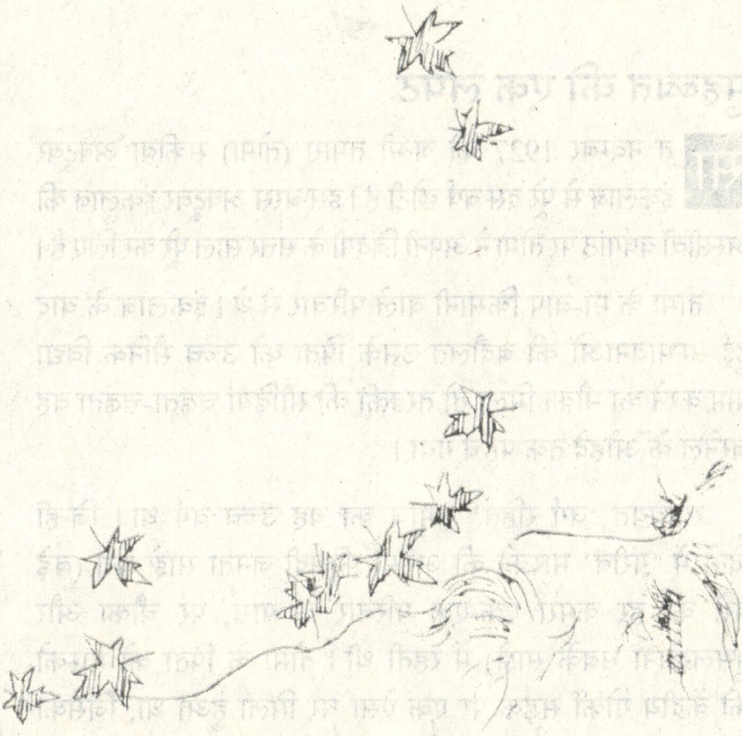

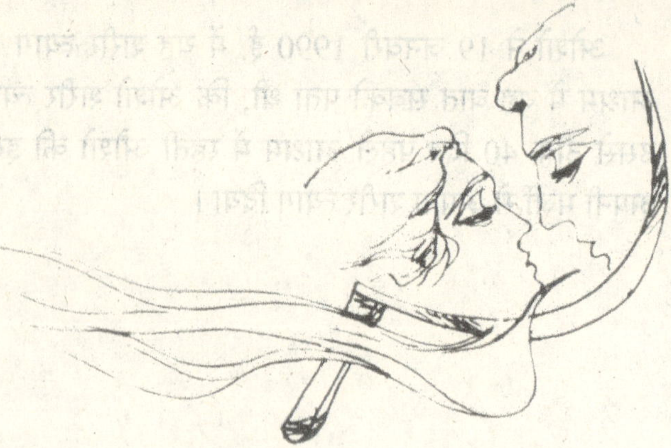

मुहब्बत की एक लपट

सात नवम्बर 1927 को जन्मी तमारा (तोमा) सकीबा अक्टूबर इंकलाब से पूरे दस वर्ष छोटी है। इस बरस अक्टूबर इंकलाब की अस्सीवीं वर्षगांठ पर तोमा ने अपनी ज़िंदगी के सत्तर साल पूरे कर लिए हैं।

तोमा के मां-बाप किसानी वाले परिवार से थे। इंकलाब के बाद हुई सम्भावनाओं की बदौलत उसके पिता को उच्च सैनिक विद्या प्राप्त करने का मौक़ा मिला तो तरक़्क़ी की सीढ़ियां चढ़ता-चढ़ता वह जरनेल के ओहदे तक पहुंच गया।

सोवियत 'वर्ग रहित' समाज का यह उच्च वर्ग था। जिन्हीं दिनों में 'ग़रीब' मास्को की अस्सी फ़ीसदी जनता साझे घरों (बड़े घरों का हर कमरा एक-एक परिवार के पास, पर चौका और गुसलख़ाना सबके साझे) में रहती थी। तोमा के पिता को मास्को की केंद्रीय गोर्की सड़क पर एक ऐसा घर मिला हुआ था, जिसकी रसोई ही एक सौ अस्सी वर्ग फुट थी—एक बड़े कमरे जितनी। तोमा के बचपन के पहले चौदह बरस इसी सुखदायक और आरामदेह माहौल में बीते। भूमि के ज़बरन समूहीकरण का दौर आया और

बीत गया, तोमा अभी बचपन की उम्र में थी। सतालिन के दमन-चक्र का सबसे मनहूस वर्ष 1973 हज़ारों बहुमूल्य जानों का घाव करता बीत गया, तब तोमा ने अपनी ज़िंदगी का अभी पहला दशक ही पूरा किया था। इन घटनाओं की गर्म हवा भी तोमा के जिस्म को न छू सकी।

ज़िंदगी की तल्ख़ हक़ीक़तों के साथ उसका पहला वास्ता 1941 ई. में हुआ, हिटलर ने सोवियत देश पर हमला कर दिया था। मास्को की और लाखों औरतों-बच्चों की तरह तोमा को भी उसकी मां और बहन सहित मास्को से दूर सुरक्षित इलाक़े उज़बेकिस्तान में भेज दिया गया। जंग के ये चार बरस उन्होंने अपने पिता और अपने देश की ख़ैर मनाते हुए काटे। शुक्र की बात कि जिस जंग में दो करोड़ सोवियत (देश की आबादी का दस फ़ीसदी हिस्सा) जानें भस्म हो गईं, तोमा के जरनेल पिता का बाल भी बांका नहीं हुआ।

1945 ई. का वर्ष फात्शी जर्मनी पर फ़तह का वर्ष भी था और गोर्की सड़क वाले बड़े घर में सारे परिवार के पुनर्मिलन का भी। तोमा अब अठारह वर्ष की हो गई थी। सीने में सपनों के धड़कने की उम्र, अंगों में किसी चाहत के लरज़ने के वर्ष।

दूसरी आलमी जंग के बाद दुनिया के राजनैतिक नक्शे पर भी बड़ी तब्दीलियां आ रही थीं, बस्तीवाद की ज़ंजीरों से मुक्त होकर कई देश अपनी-अपनी तक़दीरें तराशने-संवारने के रास्ते पर चल दिए थे। इनमें से एक देश भारत भी था। भारत के पहले प्रधानमंत्री पंडित नेहरू के मन में समाजवादी सोवियत संघ के लिए बड़ी विशेष जगह थी उन्होंने अपनी बहन विजयलक्ष्मी पंडित को मास्को में भारत की पहली राजदूत बनाया। मास्को के मित्रोपोल होटल में नव-आज़ाद भारत का काम-चलाऊ सफ़ारतख़ाना

खोला गया—बहुत थोड़े से स्टाफ़ के साथ। इन गिने-चुने भारतीयों में एक नौजवान का नाम माहेश्वरी था। मित्रोपोल होटल का गोर्की सड़क से पैदल का रास्ता है। शायद इसीलिए तोमा और माहेश्वरी का मेल हो गया और या फिर इसलिए कि तोमा को शुरू से ही अनदेखे हिंदुस्तान के साथ कोई ख़ास मोह था, माहेश्वरी उसी मोह की मंज़िल हो गया।

पर यह 1948 का वर्ष था। सतालिन और बोरिया का दौर। हर परदेसी को इंकलाब-विरोधी दुश्मन समझे जाने का बरस। परदेसियों से किसी तरह का सम्बंध रखने वाले शहरी को जासूस गरदाने जाने का वक़्त। पड़ोसी के बारे में ख़ुफ़िया पुलिस तक शिकायत पहुंचाने का चुगली-काल।

जवानी के भोले विस्माद में खोई तोमा इस बात से बिल्कुल बेख़बर थी कि एक जरनेल की बेटी, एक राजदूत (चाहे वह ग़रीब बेचारा नए-नए आज़ाद हुए भारत का ही राजदूत क्यों न हो) से अपनी रोज़ाना की मुलाक़ातों से, दोनों हाथों से मुसीबत बटोर रही थी न सिर्फ़ अपने लिए, बल्कि अपने पूरे परिवार के लिए भी।

1949 में सोवियत अपराध-संहिता की 58वीं धारा (इंकलाब विरोध सरगर्मियां) के अंतर्गत तोमा को 'लोग दुश्मन' करार देकर उम्र क़ैद सुना दी गई। उसके जरनेल पिता को पदवी-मुक्त कर दिया गया। माहेश्वरी को हिंदुस्तान वापिस भेज दिया गया।

अगले 6 बरस तोमा ने साइबेरिया के कैम्पों में किस तरह बिताए अगर यह कहानी मैंने उसी के मुंह से न सुनी होती तो मैंने भी यही समझना था कि सोवियत जेल के बारे में यह पश्चिम का झूठा और द्वैत भरा प्रचार है। मार्च 1953 में सतालिन की मौत के साथ एक युग का अंत हो गया।

इसके थोड़े समय बाद ही बोरिया को भी उसकी करतूतों के कारण गोलियों से उड़ा दिया गया। सत्ता पर पक्के पांव खड़े होने के बाद 1956 में पार्टी की 20वीं कांग्रेस के वक़्त ख़ुशोव ने स्तालिन के दमन के दौर की ग़लतियों को इकबाल किया और आम माफ़ी का ऐलान किया गया।

इसी ऐलाननामे के सदके अब उन्तीस बरसों की हो चुकी तोमा को आज़ाद ज़िंदगी जीने का हक़ दिया गया। पर इन सत्रह वर्षों में न तो उसका ओहदे से हटाया गया बाप रहा था और न ही सड़क वाला वह बड़ा खुला घर। तोमा और उसकी मां को कुतूज़ोवस्की सड़क पर सोवियत संघ की साधारण जनता की तरह एक 'साझे' घर में एक कमरा एलॉट कर दिया गया। यह कमरा गोर्की सड़क वाले घर की रसोई से भी छोटा था, पर इस कमरे की खिड़कियों से साथ लगता होटल उकराईना दिखता था। उन दिनों यही मास्को का बेहतरीन होटल होता था। सारे सरकारी मेहमानों, ख़ासकर बाहरले देशों से आए मेहमानों को यहां ठहराया जाता था।

1958 का बरस, उकराईना होटल के पास से गुज़रती तोमा को एक सैर करता भारतीय दिख गया। एक तो उन दिनों मास्को में नाममात्र के परदेशी ही दिखाई देते थे, ऊपर से यह आदमी सरदार था, जो अपनी पगड़ी के कारण दूर से ही अलग नज़र आता था। नौ बरस के अंतराल के बाद तोमा को एक बार फिर कोई भारतीय दिखा था। अपनी टूटी-फूटी अंग्रेजी के द्वारा उसने सरदार जी को समझाया कि वह किसी माहेश्वरी को तलाश रही है और इस काम में उससे मदद चाहती है। यह सरदार 'नया ज़माना' का सम्पादक जगजीत सिंह आन्नद था।

माहेश्वरी तो कोई नहीं मिला, पर हिंदुस्तान के साथ रिश्ते के एक धागे का सिरा तोमा के हाथ आ गया। ख़ुशोव दौर की सारी आज़ादी के

बावजूद एक साधारण सोवियत नागरिक के लिए (जो न तो पार्टी का ऊंचा ओहदेदार हो, न व्यापारिक प्रतिनिधि हो और न ही राजदूती अमले में से हो) देश से बाहर कदम रखना लगभग असंभव था। आन्नद जरूर हर दो-तीन बरस में मास्को के चक्कर लगाने वाले रुतबे तक पहुंच चुका था। ख़तों-किताबत और मुलाक़ातों के इस सिलसिले ने तोमा को हिंदुस्तान की ओर खुलता हुआ एक झरोखा बख़्श दिया, जिसके द्वारा माहेश्वरी के हिंदुस्तान से संदेश और तोहफ़े बदलाए जाते थे।

1973 में मेरे रूस चले जाने पर यह झरोखा एक पूरे दरवाज़े में तब्दील हो गया। बरसों के थपेड़ों ने माहेश्वरी के साथ पुनः मेल की आशा तो मद्धम कर दी थी, पर हिंदुस्तान के लिए तोमा का मोह सुलगता रहा।

(सुकीर्त की पुस्तक 'बात एक बीते की' से)

कमलेश्वर की क़लम से

बहुत देर रात तक अदीब और सलमा टुशरॉक होटल के अलग-अलग हिस्सों में घूमते रहे... जहां आंसुओं की तरह उजला पानी आबे-ज़मज़म की तरह लगातार बह रहा था। बहुत देर तक दोनों इस पवित्र पानी में तैरती मछलियों को देखते रहे... कभी पानी के नीचे लहलहाती कोरल की वनस्पति को देखा और कभी मछलियों की सांसों से उठे बुलबुलों को... फिर वे एक नाव लेकर सामने के टापूवाले रास्ते-राहत में चले गए और जब मार्टिनी की मदहोशी में लौटे, तो सलमा ने कहा—

—आप अब मुसलमान बन जाइए!

—बन गया!

—और मैं हिंदू बन जाती हूं!

—बन जाओ!

और अदीब मुसलमान बन गया, सलमा हिंदू!

—मैं तुम्हारा हाथ पकड़ूं? अदीब ने कहा।

—पकड़िए!

—हां, तो अब कैसा लगा? एक मुसलमान के हाथ में हाथ देते हुए? अदीब ने पूछा।

—इसमे तो कोई मज़हब आड़े नहीं आया। यह तो उसी तरह मुझे कंपाता है, जब आप हिंदू थे! और न मेरा हिंदू होना आड़े आता है... मैं भी उसी तरह लाजवंती की तरह आपकी छुअन से अपनी पंखुड़ियां बंद कर लेती हूं... सलमा ने उत्तर दिया।

—और अब?

—मेरे होंठ उसी तरह भीगते और प्यासे हो जाते हैं जैसे पहले थे। यह प्यास तो मज़हब बदलने से बदलती नहीं, बुझती नहीं। सलमा ने भारी सांसों के साथ कहा।

—शायद यह ग़लत तरीक़ा हो... आओ, हम दोनों मुसलमान हो जाते हैं या दोनों हिंदू ही हो जाते हैं! अदीब ने उसे बांहों में कसते हुए कहा।

—अब! अब भी आपकी बांहों में वही कशिश और ताक़त है...

—और अब...

—अब भी आपकी हथेलियां और उंगलियां वही तलाश रही हैं जो हमेशा तलाशती थीं! और उन्हीं नखलिस्तानी जगहों में पनाह ले रही हैं जो लम्बे रेगिस्तानी सफ़र के बाद कभी-कभी ज़िंदगी में मिलती हैं... आह अदीब... आह... अब यह भूलकर कि तुम कौन हो, समा जाओ मुझमें

और मुझे आज़ाद कर दो... सलमा ने उद्दीप्त होते हुए कहा और वह अपनी सांसों सहित अदीब में समा गई, और अदीब सलमा में। वे सांसों के महल में क़ैद हो गए।

जब होश आया तो सलमा रेगिस्तान की तरह उसके सामने थी और अदीब अभी भी उसकी रेशमी रेत पर गिरे मीठे खजूर की तरह मौजूद था। और दोनों ही रेत में धंसकर अपनी जड़ों को रस देनेवाली पाताल की नदी में डूबे रहना चाहते थे।

—आह इन शिखरों पर अपना नाम लिख दो अदीब !

—पर इन शिखरों पर लिखे हुए नाम तो मिट जाएंगे !

—नहीं, नाम तो हमेशा लिखे रह जाएंगे ! अपना नाम लिखो न अदीब !

—मेज़ की स्टेशनी के साथ रखे हुए क़लम को उठाकर तब अदीब ने उसके उभरे गुदाज़ शिखरों पर नाम लिखा था। एक बार... पचासों बार...

—लिखते जाओ अदीब, लिखते जाओ...

—तकलीफ़ तो नहीं होती ? टुशरॉक का यह क़लम बहुत नुकीला है !... दर्द होता होगा...

—रेत हर दर्द को सह लेती है... अदीब ! इस बदन के हर हिस्से पर लिख दो अपना नाम...

और अदीब उस रेशमी रेगिस्तान के हरेक शिखर पर अपना नाम लिखते-

लिखते जब थक गया तो सलमा ने उसे अपनी बांहों में फिर घेर लिया।

—अब मैं बहुत पूरा महसूस कर रहा हूं सलमा !

—तो फिर मेरी बांहों में समा जाओ अदीब...

—सलमा ! यह मीठी और शर्बती थकान कितना सुकून देती है... इतना सुकून तो किसी मज़हब में नहीं है...

—आओ, अदीब... फिर अपने सुकून के लिए एक बार और मज़हब बदलकर देखें ! सलमा ने उसकी थकी सांसों को पीते हुए कहा।

—सलमा !... किसी धर्म के पास इतनी ठोस शांति, इतना पुख्ता सुकून नहीं है जो हमें आख़िरत के दिन तक संभाल सके... हमें तो वहीं तक जीना है ! अदीब ने कहा।

—पर आप तो फ़िलहाल मुसलमान हैं... आप मरने के बाद ज़िंदगी को कैसे मंजूर कर सकते हैं, इसलिए आप वहीं तक जीने की बात करते हैं !

—लेकिन तुम तो अब हिंदू हो, क्या तुम पुनर्जन्म में विश्वास कर सकती हो ?

—विश्वास करूं या न करूं... पर पुनर्जन्म में विश्वास करना अच्छा लगता है !

—ओह !... ओह सलमा... तब तुम कुछ और हो ! मज़हब से ऊपर... नश्वर मनुष्य की शाश्वतता में यक़ीन करने वाली एक फ़र्द ! एक शर्त !

—इसमें नया क्या है अदीब... यही तो ईरानी सूफ़ियों के तसुव्वुफ ने कहा है और हिंदुस्तानी वेदांतियों ने भी...

(दर्द के इतिहास को अपने बदन पर झेलती कमलेश्वर की किताब 'कितने पाकिस्तान' से काग़ज़ का एक टुकड़ा।)

मज़हर-उल-इस्लाम- मुहब्बत का चरवाहा

एक कोई है, जो मज़हर की हर किताब के पहले पन्नों में, हर कोण से सवालों का सिलसिला बनाए रखती है। और उसके सामने मज़हर जवाबदेह होता है...

हो सकता है, यह मर्द की स्थूल काया का भीतरी पहलू हो, सूक्ष्म काया का, जिसके सामने मज़हर की हाज़िरी, हर पहलू की इतनी तहों में उतरती है कि वह, हर किताब के लगभग बीस पन्ने अपने आपमें यादगारी और मुकम्मल होते हैं।

यह नावल है–'मुहब्बत: मुर्दा फूलों की सिम्फनी' और इसके सरवर्क पर एक बारीक़ अक्षरों की पंक्ति यह भी है "दुनिया से ख़त्म होती हुई मुहब्बत के लिए लिखा गया नावल"।

इस पंक्ति ने पूरे नावल को अपने बाज़ुओं में लिया हुआ है।

और वह जो एक है, इस नावल में भी हाज़िर है, और उसने मज़हर

को भी हाज़िर-नाज़िर रखा हुआ है। मिसाल के तौर पर : कहने लगी—जितने बरसों में तुमने यह मुख़्तसर-सा नोवल मुकम्मल किया है, इतना तवील अर्सा तो उस कलीसा को इमारत तामीर करने में भी नहीं लगता, जिसमें एक ही बार में हज़ारों लोगों के लिए इबादत करने की गुंजाइश मौजूद रहती है। इससे तो कम समय में माइकिल एंजलो ने 'लास्ट जजमेंट' को चित्र लिया था। तू इतने बरस यह नावल लिखता रहा है या कोई नया ताजमहल तामीर कर रहा था?

मैंने कहा—मेरा यह नावल दरअसल मुहब्बत का अजायब घर है। इस दुनिया से, इंतिहाई तेज़ रफ़्तारी से ख़त्म होती हुई मुहब्बत की भेद भरी राहदारियों में, परछाइयों और सपनों में, लिपटे, बहुत ख़ास नमूनों का सांस लेता म्यूज़ियम... तुम चाहो तो इसे बीसवीं शताब्दी के आख़िरी दशक का ताजमहल भी कह सकती हो।

मुझे इस बात का पूरी तरह अहसास है कि अपने इस नावल में सांस तोड़ती मुहब्बतों की यह यादगारें तामीर करने में मुझे इतना वक़्त लगा है। इतना तवील अर्सा तो दुनिया के मुख़्तलिफ़ हिस्सों में बड़े युद्धों के गुमनाम बहादुरों की तमाम यादगारें बनाने में भी नहीं लगा होगा। पर जिस तरह पुरानी तहज़ीबों के अजायब घरों की गैलरियों से गुज़रते, मौजुदा नस्ल, अपने बिसरे हुए बीते के आसार की बारीक़ ख़ामोशी से अपने आपको ढूंढ़ लेती है, शायद इसी तरह से ही, आती नस्ल को भी किसी वक़्त मुहब्बत के इस म्यूज़ियम से निकलते हुए, सच्ची ख़ालिस और सहज मुहब्बत की महक, एक बार फिर अपनी ओर लौट आने पर मजबूर कर दे।

तबाहशुदा मुहब्बतों के यह चिन्ह-संकेत देखकर, वह लालच, दग़ा, फ़रेब, झूठ, बेवफ़ाई और दुनियादारी के घने रास्तों से अपनी आत्मा को

दरियाफ़्त करने में क़ामयाब हो जाएं तो उनके दिल एक बार फिर शानदार मुहब्बत की रोशनी से भर जाएं। यह बिल्कुल ऐसे ही होगा कि कदीम वक़्त के किसी गर्कशुदा समंदरी जहाज़ के शिकस्ता ढांचे का सुराग मिल जाने के बाद, यह अता-पता लोगों को हैरान करके रख दे कि बीती शताब्दी के आगाज़ में डूब जाने वाले इस समंदरी जहाज़ के किसी हिस्से में बेशक़ीमती, अलोकार वस्तुओं का एक बहुत बड़ा जखीरा अभी भी अपनी असली हालत में मौजूद है...

इस नावल, यानी मुहब्बत के इस म्यूज़ियम की यह अलोकार चीज़ें न सिर्फ़ हैरानकुन होंगी, बल्कि मसनूई ज़िंदगी की चट्टान को टुकड़े-टुकड़े कर देंगी।

कहने लगी—मैं सोच रही हूं कि ऐसे कौन होंगे, जिनको तुमने इतनी तवील मेहनत के बाद अपने नावल में दर्ज करके, मुहब्बत के इस म्यूज़ियम को मुकम्मल किया है...

मैंने कहा—मुहब्बत के इस म्यूज़ियम में ख़ून से लिखी हुई डायरियां हैं, जिनके लफ़्ज़ों की महक की सुर्ख़ी में बंद अहदे-वफ़ा उम्र क़ैद की सज़ा काट रहा है। इस म्यूज़ियम में मुहब्बत के एक लम्हे पर उम्र-भर की जुदाई गुदी हुई है। यहां आंसुओं के पिंजरे में कागज़ की अबाबीलें हैं, जो अपने पंखों की तहों में लिखे लफ़्ज़ों में मर चुकी हैं।

मुर्दा फूल हैं, जिनकी तारीख़ें और साल संवत्, ज़र्द रंग के हमले में फनाह हो चुके हैं...

कहने लगी—अधूरे सपनों के अलावा और क्या कुछ है?

मैंने कहा—प्यार से ख़ाली दिनों में पड़ी एक टूटी हुई वायलिन है, जिसके वजूद से रिसता लहू खुश्क पत्तों की उदासी में गीत बनकर जम गया है। गुमशुदा मुहब्बत की ख़ानकाहों पर रखे दीयों में जलती हुई दुआओं की अलविदायगी रोशनी है।

सर्दियों के मौसम की तेज़ बारिश में भीगती एक बेकैफ़ शाम के सात बजने में 5 मिनट के किनारे पर मरहूम के कोट के कालर से गिरा हुआ एक फूल पड़ा है। बेमुहब्बत मौसम में महकती हुई लड़की के सायों का एक बाग है। वक़्त की ख़ामोशी में एक सहमी हुई दीवार-घड़ी है, जिसे अब कीड़ा लग चुका है। इस घड़ी के अंदर घूमते-फिरते कीड़ों की मौजूदगी, घड़ी की हरकत को बदनसीबी में बदल रही है। यह वही घड़ी है, जिसे शदीद बेवफ़ाई के मौसम में एक लड़की ने चांद के मुंह पर दे मारा था, और... और... फिर और... पुरइंतज़ार की नम ख़ामोशी से गुज़रते कुछ जनाज़े हैं ...

कहने लगी—एक तो मैं तुम्हारे इन जनाज़ों से तंग आ गई हूं। क्या तुम जनाज़ों के सोगवार मंज़रों के माली हो ? मैं अक्सर सोचती हूं, तुम मौत के जनाज़ों के बारे, इस क़दर तफ़सील में कैसे बयान कर लेते हो।

मैंने कहा—जनाज़ों के जानदार मंज़र बयान करने के लिए उस शख़्स की मौत का हिस्सेदार होना पड़ता है, जिसका वह जनाज़ा होता है।

कहने लगी—ऐसी ख़ौफ़नाक बातें मत किया करो ! मुझे जनाज़ों से बहुत डर लगता है। मौत की बात छोड़ ! आ ! मुहब्बत के इस म्यूज़ियम की अगली गैलरी में चलते हैं !

मैंने कहा—यहां उदास रूमालों का एक सिलसिला है, जिनके किनारों

पर, कढ़े हुए उनके नामों के हिज्जे उधड़े हुए हैं। व्यर्थ गई मुहब्बत के धागों से सिली हुईं, खुदकुशियों के लहराते परचम हैं। सर्दियों की एक तवील रात के पिछले पहर में पड़ा एक आतिशदान है उसमें पड़ी राख, उन पुरजोश बातों की है, जो उन दोनों के रात शुरू होने से पहले की थीं। बंजर वसीयतनामों के इलाक़े में एक हरा-भरा वसीयतनामा है, जो कई बरस पहले, 1947 के आस-पास लिखा गया था। इस वसीयतनामे में एक औरत ने अपने ज़ेवरों की तफ़सील करते हुए इन ज़ेवरों के नाम-निशान ज़द कर दिए हैं, जिन पर उनकी बेटियों का ख़ानदानी हक़ कोई नहीं। और वसीयत की गई है कि मरने के बाद उसे वह ज़ेवर पहनाकर बनफशई फूलों के कफ़न में क़ब्र के सुपुर्द किया जाए।

कहने लगी—फिर वही मौत की बातें। यहां ख़्वाबनामा मुहब्बत कोई नहीं?

मैंने कहा—ख़्वाबनामा मुहब्बत के पन्नों पर नामुराद ताबीरें दर्ज़ हैं। यहां शिकस्ता-वादों की जानलेवा ख़ामोशी में लिपटी बुझी हुई मोमबत्तियों के रोज़नामे हैं। मुर्झाए फूलों की न ख़त्म होने वाले आंसुओं से भरी आंखों की तकरार है।

व्यर्थ बीते मौसमों की तनहा उदास और तवील इबारतों में बुझे हुए दिल का धुआं है। उंगलियों से बिछुड़े हुए तांबे के छल्ले हैं। जो किसी मरे हुए इंसान की तरह इस क़दर भारी हो चुके हैं कि उंगलियां अब उनका बोझ नहीं सह सकतीं।

यहां वे निक़ाहनामे भी हैं, जो दरअसल बहुत सारी मुहब्बतों के क़त्लनामे हैं।

कुछ ख़ाली जगह हैं, जिनसे उठकर जाने वाले अपने उठकर जाने का सूनापन वहीं छोड़कर चले गए हैं। यादों के राख़दान में एक दहकता हुआ आंसू है। रूठे हुए पैरों के ज़ख़्मी अक्स में एक उजड़ी हुई पाज़ेब पड़ी हुई है। और हादसों के तूफ़ान से गुज़रता हुआ मुहब्बत का चरवाहा है...

कहने लगी—क्या मुहब्बत का भी कोई चरवाहा होता है?

मैंने कहा—हर सच्चा दिल मुहब्बत का चरवाहा होता है। जो बेमुहब्बत मौसम में, मुहब्बत की निगाहबानी के अहद की परवरिश से कभी गाफ़िल नहीं होता। लाजवाब मुहब्बत की पुरइसरार वस्तुएं इस चरवाहे का कदीम पहरावा है।

कभी न ख़त्म होने वाली तनहाई, हमेशा मौजूद रहने वाली उदासी और अनादि इंतज़ार इस चरवाहे की ज़िंदगी पर चिपके हुए रसीदी टिकट हैं।

पहाड़ों की ढलानों के पहलू में भरा वक्त जंगल के गुमनाम रास्तों की उलझनों में कुंडली मारकर बैठा हुआ सांप है, आसमान की चादर में बंधी अबाबीलों की गठरी उठाए, ख़मोश वादियों में गुज़रती हुई हंगामाख़ेज़ हवा, साहिरा के बेसाया फ़ासलों में, रेत के लाचार टीलों के अंतराल का जाल, कंधों पर बेरहम मौसमों से भरी गठरी की तरह, चरवाहों के क़ानून की किताब के पन्ने हैं।

यह चरवाहा मुहब्बत से भरपूर ज़िंदगी का रखवाला है। और उसकी परवरिश करता है।

कहने लगी—इस चरवाहे से मुलाक़ात कैसे हुई?

मैंने कहा—बचपन में हम दोनों इकट्ठे पले-पढ़े हैं। मेरी तरह उसे भी रेलगाड़ी देखने का बहुत शौक़ था। बचपन में हम दोनों इस रेलगाड़ी को पूरी बाक़ायदगी के साथ देखने जाते थे। जो हमेशा शाम के फैलते सायों से ज़ाहिर होती थी... हम इस गाड़ी से उतरने वाले और सवार होने वाले हर मुसाफ़िर को भी बहुत दिलचस्पी से देखा करते थे। और अपनी कुछ तलाशती नज़रों से मुसाफ़िरों के हुलियों की तलाशी लिया करते थे। जैसे हमें किसी अनजाने मुसाफ़िर का इंतज़ार हो। एक-दूसरे को अलविदा कहने वाले उनमें से किसी एक मुसाफ़िर की आंखों में आंसू देखकर हम दोनों भी रो देते। और जब गाड़ी प्लेटफार्म को ख़ाली कर अपने पीछे सुरमई रंग का ख़ास अहसास छोड़कर चली जाती तो इस मानीख़ेज़ उदास मंज़र में किसी याददाश्त की तरह बेंच पर बैठकर हम दोनों गूंजती उदासी के लम्बे-लम्बे घूंट भरते। अपने आपको और रेल की पटरियों को हमने हमेशा राज़दाराना इंतज़ार के आलम में देखा। उन दिनों में भेड़ें भी उसके पीछे लगी रहती थीं। और अक़्सर रात को जब वह गहरी नींद में होता, तो भेड़ें चुपचाप आकर उसकी चारपाई के नीचे सो जातीं। यह चरवाहा आज भी मेरी सांसों में फूलों से ढंकी हुई पगडंडियों की तरह महकता है। और उन गहरे अंधेरों में जागती रातों की लम्बाई में नींद की भेड़ों को हांककर सरसब्ज़ सपनों की चारागाहों में ले जाता। यही चरवाहा, आंखें मलता सवेरों के कहने पर उठता है, और दिन उसके भीतर ढलता है। मैं उसकी बनफशई रंग की मुहब्बत में अपनी किसी खोई हुई भेड़ को तलाशते देखता हूं। वह बेवफ़ाई के ख़ामोश लम्हों की मसीहाई करता है। और अक़्सर मेरी उदास शामों में से ही गुज़रता है।

कहने लगी—मुहब्बत के इस चरवाहे की कहानी लिखने में तूने इतने बरस लगा दिए।

मैंने कहा—यह सब देरी भी चरवाहे की वजह से हुई, यह उस मौसम की बात है, जब सभी गुलदान ख़ाली पड़े थे, पत्तों की ज़र्द सिलवटों से भरी एक शाम को चरवाहा मेरे सिगरेट के धुएं से गुज़र रहा था कि अचानक उसके एक इंतिहाई बेवक़्त सवाल ने मुझे चौंकाकर रख दिया।

"सुना है तुम कोई नावल लिख रहे हो? क्या विषय है तुम्हारे इस नावल का?"

"दुनिया से मुहब्बत ख़त्म हो गई है। और मेरे नावल का विषय भी यही है।" मैंने जवाब दिया।

मुझे हरगिज़ अंदाज़ा नहीं था कि चरवाहे को मेरे नावल का विषय, भेड़ों पर अचानक हमलावर होने वाली किसी नामुराद बीमारी की तरह भारी गुज़रेगा। अचानक उस पर ऐसी कंपकंपी तारी हो गई, जैसे बेपनाह सर्दी में उसका भेड़ की खाल से बना हुआ कदीमी कोट, किसी ने उसके बदन से उतार लिया हो...

अचानक सदमे के गहरे ज़ख़्म से, बुरी तरह निढाल चरवाहे की हालत देखकर, जो बताई नहीं जा सकती, मुझे लगा जैसे मैंने अपने नावल का विषय बताने की जगह उसकी किसी भेड़ की मौत की ख़बर सुना दी हो। पर शीघ्र ही किसी बात की बाहरी ताक़त और अमली दख़ल ने उसके बदन का निज़ाम फिर से बहाल कर दिया। मैंने चरवाहे की वसीह चारागाहों जैसी आंखों में एक अजीब रोशनी को ज़ाहिर होते देखा। और इस हैरानकुन मौअजज़े जैसे ज़ाती मंज़र में मैं अपना आप गंवा बैठा...

चरवाहा मुझे खूबसूरत मुहब्बत के भेदों भरे कुंज में ले गया इस बात का यक़ीन दिलाने के लिए कि दुनिया में अभी तक मुहब्बत

मौजूद है। ताकि मैं अपने नावल का विषय बदलने पर ख़ुद-ब-ख़ुद आमादा हो जाऊं।

मैंने चरवाहे की ख़्वाहिश के मुताबिक़ कई मुहब्बत करने वालों के नक़्शे-क़दम पर सफ़र किया। उनमें से कई लोग तो पहले मोड़ पर ही बिछुड़ गए। कुछ ने थोड़ी दूर जाकर अपनी राह बदल ली। हर बार जुदाई का एक मंज़र चरवाहे की आंखों में ढलता, और उसी मुकाम से बेचैन मुहब्बत का एक मंज़र दिखने लग जाता। इस मुश्किल, बेहद लम्बे और सब्र आज़मा सफ़र की रूहे-दाद कई बरसों में बिछी हुई है। इस दौरान चरवाहे ने अपनी बीमार भेड़ को अपने कंधों पर उठाया हुआ था, ज्यों ही कोई मुहब्बत करने वाले दिखाई देते, तो चरवाहा भेड़ को अपने कंधे से उतारकर चलने पर आमादा करता। पर भेड़ इस क़दर कमज़ोर हो चुकी थी कि चार क़दम चलकर फिर ज़मीन पर ढेर हो जाती। जितनी देर को चरवाहा फिर भेड़ को अपने कंधे पर उठाता, मुहब्बत का मंज़र एक सूखे हुए फूल की सोगवार ख़ामोशी की तह में ग़र्क को चुका होता। सच्ची मुहब्बत की तलाश के सफ़र में कुछ लोग बारिश का मौसम शुरू होने से पहले ही एक-दूसरे से बिछुड़ गए। किसी ने फूलों के यौवन के मौसम में किसी का साथ छोड़ दिया। किसी ने सख़्त सर्दी में आतिशदान के पास बैठे-बैठे अचानक ज़ुदा होने का फ़ैसला कर लिया। किसी ने गर्मियों की लम्बी दोपहर में अपना रास्ता बदल लिया। कोई शाम की उदासी में किसी को तनहा छोड़ गया। पर इस नाउम्मीदी की फ़िज़ा की इल्मदारी में भी यह चरवाहा अपने यक़ीनी लहज़े में एक नया फूल खिला देता।

"ख़ुदा को ढूंढ़ने निकलो तो रास्ते में वह कहीं मिल ही जाएगा, जिसका हम बड़ी बेचैनी से, दिल की गहराइयों से इंतज़ार करते रहते हैं।"

और जब चरवाहा अपनी चादर के कोने में बंधी हुई सूखी रोटी खोलकर मेरी ओर मुड़ा था, तो निवाला गले से उतारते समय उसकी आंखें किसी इबादतगुज़ार की तरह छिप जातीं, तब मुझे इस बात का पुख़्ता यक़ीन हो जाता कि वह आख़िरी दम तक मुहब्बत को इसी तरह पालता रहेगा।

कहने लगी—क्या तुम्हें यक़ीन हो गया है कि दुनिया से मुहब्बत ख़त्म हो गई है?

मैंने कहा—अगर कोई बेईमान हो जाए तो इसका यह मतलब कैसे निकाल लें कि ईमान होता ही नहीं। मैं मुहब्बत से इनकारी नहीं हुआ। मुहब्बत ख़ुदग़र्ज़ी, लालच, बेवफ़ाई और झूठ के शिकंजे में बेचेहरा होकर रह गई है। मुहब्बत के बहरूपियों ने इसे भी रुपयों के बेहूदा हार पहना दिए हैं। आत्माओं की रवानी में बहती मुहब्बत का कोई किनारा नहीं होता। पर झूठे और लज़्ज़त-परवर जिस्म अपनी पैदाइश से भी छोटे होते हैं।

कहने लगी—अगर तुम इतनी बार मायूस होकर लौट आए हो, फिर चरवाहा तुम्हें बार-बार मुहब्बत की गुमशुदा सल्तनत का सुराग लाने के लिए भेज देता था?

मैंने कहा—इसलिए कि वह मुहब्बत का चरवाहा है। उसकी ज़िंदगी का सारा मक़सद मुहब्बत को पालना और उसे जीते रखना है। वह इसी ढंग से मुहब्बत को पालता और उसे जीवित रखता है। अब तो तुम्हें यक़ीन हो जाना चाहिए कि मुहब्बत का भी कोई चरवाहा होता है।

कहने लगी—जब तुमने दोबारा यह नावल लिखना शुरू कर दिया तो फिर कौन-सी नई रुकावट सामने आ गई थी?

मैंने कहा—यह भी एक अजीबो-ग़रीब वाक़या है। शदीद तनहाई के मुंहज़ोर थपेड़ों में मेरे अंदर का अदीब पूरी तरह बेदार हो गया, मैंने एक ऐसा नावल लिखने का फ़ैसला कर लिया, जो दो-सवा दो सौ पन्नों का होना था पर उसमें सारी कहानी को अपनी पूरी तस्वीरों, रंगों, वाक़यात के साथ ज़ाहिर होना था, जो रवायती नावलों के आठ सौ पन्नों का तकाज़ा करती है। मैंने अपने शदीद तखलीक़ी बहाव को दूसरी तरफ़ लगाकर, हर जुमले में ज़्यादा से ज़्यादा जानकारी मुहय्या करके तस्वीरसाज़ी की है। मैंने यह नावल लिखते हुए नावल के रवायती कायदों-क़ानूनों की ओर ज़रा ध्यान नहीं रखा क्योंकि मुझे उसकी ज़रूरत नहीं महसूस हुई। मैंने किसी के किरदार या वाक़या को अपनी चाहत या ज़रूरत के मुताबिक़ ढालने की बिल्कुल कोशिश नहीं की। यह नावल ज़िंदगी की अपनी क़ुदरती हरक़त की तकनीक से भरा हुआ है। यहां तक कि इसमें मौत की हरकत को भी इस तरह दिखाया गया है, जिस तरह ज़िंदगी के बीच में बनी रहती है। मैंने किसी किरदार का शुरू से अंत तक अपने साथ चलते रहने के लिए मजबूर नहीं किया। यहां तक कि मेरे साथ कुछ वक़्त बिताने के बाद, कई किरदारों ने मुझे अहसास दिलाया कि उनके नाम वह नहीं हैं, जिनके साथ मैं उनको मुतवातर मुख़ातिब कर रहा हूं। तब मैंने उनके नामों को उनकी ख़्वाहिश के मुताबिक़ दुरुस्त कर लिया। ज़िंदगी की गाड़ी से मुसाफ़िर अपने-अपने स्टेशनों पर उतर जाते हैं और कुछ नए मुसाफ़िर उस गाड़ी में सवार होकर, खिड़की वाली जगह संभाल लेते हैं। इस ट्रेन में बैठकर देखें, कुछ मंज़र दूर के हैं, किसी मक्खी की तरह उड़ते हुए, या फिर बिजली के खम्भे की किसी तार पर बैठी फाख़्ता की तरह अडोल।

कच्चे घरों की खिड़कियों और दरवाज़ों में बैठे कुछ चेहरे हैं, कुछ ख़ामोश आवाज़ें, जिन्हें अपने भीतर से सुना जा सकता है। कुछ मंज़र इंतिहाई

क़रीब के, कभी-कभी आप भी उनका हिस्सा बन जाते हों जैसे रेलवे स्टेशन। जहां आपकी गाड़ी रुक गई है और गाड़ी के रवाना होते ही आप इस मंज़र से निकल जाते हो। मंज़र दूर का हो या क़रीब का। आप अपने अहसास में इसे जीवित रख सकते हो। या फिर वह आपके नज़दीक बे-हैसियत हो जाता है। मैंने मंज़रों और इंसानों को अदीब की रवायती मुहारत की मदद से बदलने की कोशिश नहीं की। लिखने का अमल, ख़ैर बंदर को टोपी पहनाकर तमाशा दिखाने से मुख़्तलिफ़ है। नावल के शुरू में कुछ किरदारों के बारे में मेरा यह ख़याल था कि वे मुहब्बत करने की क़ाबिलियत से महरूम हैं। पर बाद में ख़ुद मुझे भी यह ज़ाहिर हुआ तो इसने मुझे इस खुशगवार हैरानी में डाल दिया कि वे किसी को मुहब्बत करने लग गए थे या फिर नाकाम मुहब्बत के बाद बुरी तरह टूटे दिल के साथ भटक रहे हैं।

ज़िंदगी में कुछ लोग बचपन की सरहद पर अचानक कहीं गायब हो जाते हैं और फिर कभी-सामने नहीं आते। कुछ लोग जवानी में आपकी नित्यप्रति ज़िंदगी का मुकम्मल हिस्सा बन जाते हैं। और फिर एक दिन उनको आपके बारे में, या आपको उनके बारे में अहसास होने लगता है कि अब उनकी शख़्सियत में ऐसे पहलू दिखने लग गए हैं, जिनकी वज़ह से आपके दरमियान कभी न ख़त्म होने वाले फ़ासले बन गए हैं।

कुछ लोग अंतिम सांस तक आपकी ज़िंदगी में बार-बार पलटकर आ जाते हैं। मेरा यह नावल भी दरअसल ज़िंदगी का शिनाख़्ती कार्ड है। जिस तरह शिनाख़्ती कार्ड के नाम के ख़ानों में एक ख़ाना शिनाख़्ती निशान का भी होता है। जिसके सामने आमतौर पर माथे के ज़ख़्म का निशान, गाल पर चोट का निशान, या भवों पर ज़ख़्म का निशान लिखा होता है। इसी तरह इस नावल में भी बेवफ़ाई की मार खाए हुए, बेमुहब्बत लोगों के ज़ख़्मों के निशान हैं।

कहने लगी—दो सौ पन्नों का यह नावल, और इतना लम्बा अर्सा? बहुत सारे लोगों ने तो यह समझ लिया था कि अब तो लिखना छूट चुका है।

मैंने कहा—फिर एक और दर्दनाक हादसे के होते हुए भी नावल लिखने का अमल सुस्त-सा हो गया। और मुझे एक ज़बरदस्त तोड़ देने वाले दौर से गुज़रना पड़ा। जिसकी बुनियादी वज़ह ख़ुद मेरी अपनी ही ज़ात थी। जोकि तनहाई, इंतज़ार और उदासी के अलावा, एक अदीब, मुसव्विर, मौसीकार, कीमियागर और एक मुजस्समासाज़ का मज़मुआ है। मेरे भीतर एक बहुत बड़ा पियानो पड़ा हुआ है, जो मेरी मां ने एक नन की मदद से बचपन के दिनों में ही मेरे भीतर रख दिया था। जहां पहले से एक बांसुरी भी पड़ी हुई थी। मेरे भीतर का मुसव्विर पैदायशी है जिसने मेरी मां की मुसव्विराना तबीयत के उदास रंगों के ज़ैर-साया परवरिश पाई और पिता से रात और आग के रंग हासिल किए। मेरी ज़िंदगी की सबसे बड़ी पहली पहेली, जो पांच वर्ष की उम्र में मेरी मां ने मुझे बूझने के लिए कहा था, कूजों के बारे में थी। पर इस पहेली के रास्ते से उड़कर मेरी ज़िंदगी में दाख़िल होने वाली यह अनगिनत कूजें, पहेली न बूझने के बाद, जब्र मेरी मां की ओर लौट रही थीं, तब उन कूजों की सुरमई डार से बिछुड़कर एक कूज, मुहब्बत की किसी गीली लहर की तरह संध्या समय मेरे भीतर जज़्बों की झील पर उतर गई थी। यह एक कूज जो मेरी मां, मेरे भीतर छोड़कर चली गई है, पिछले पैंतालीस सालों से मेरे भीतर लगातार उड़ रही है।

मैं जुदाइयों वाली इस कूज की कुरलाहट में पूरी तरह डूब गया था। स्कूल के ज़माने में मैंने अपने भीतर के मुजस्समासाज़ को दरयाफ़्त किया, जो दरअसल मेरे भीतर के मुसव्विर का ही एक दूसरा रुख़ था। नावल

लिखते हुए इन तमाम तख़लीक़ी ताक़तों ने एक होकर मेरे काम को एक कठिन, तकलीफ़देह और सब्रआज़मा दौर की तवील रियाज़त में से गुज़रने पर आमादा कर लिया। मैंने यह नावल जिस्मों के लिए नहीं, इंसानी रूह की उड़ान के लिए लिखा है। यह नावल इंसानी जज़्बात की एक ऐसी सिम्फनी है जिसका आरकैस्ट्रा हक़ीक़ी वाक़यात और ख़्वाबों की मिसाली ज़मीन पर बना हुआ है। इस सिम्फनी की सारी उदासी की पृष्ठभूमि में वह चरवाहा मौजूद रहता है, जो बेमुहब्बत मौसम में मुहब्बत को पालता है। बीसवीं शताब्दी के आख़िरी अर्द्ध की ज़िंदगी की इस सिम्फनी को तख़लीक़ करने में मेरे भीतर के अदीब, मुसव्विर, और मुजस्समासाज़ ने मिलकर जज़्बाती लगन से काम किया। और कीमियागर ने मुहब्बत को सोना बनाने में तवील रियाज़त की है। मेरे ख़याल में हर लफ़्ज़ के सुर होकर और हर जुमला पियानो का वह की-बोर्ड है, जिस पर लफ़्ज़ सफ़ेद और स्याह सुरों की चाबियों की तरह मौजूद रहते हैं।

मैंने इस पियानो की मदद से मुहब्बत कम्पोज़ करने की कोशिश की है। और लफ़्ज़ को तराशकर, उसके भीतर की मानीख़ेज़ खूबसूरती को उजागर कर उसे उसकी सही जगह पर बिठा दिया है। इस दौरान कई लफ़्ज़ों ने अपने मुख़्तलिफ़ उलझाव और वसीह किरदारी ख़ूबियों के होते हुए भी मुझे लगातार अपनी ज़रूरत के अहसास में लगाए रखा। उनमें से एक मिसाल, लफ़्ज़ पुर-इसरार की भी है। मैंने जितनी बार इस लफ़्ज़ को इस्तेमाल किया है, मेरे ख़याल में इंसान, फूल, मौत, बारिश, ज़िंदगी, मोमबत्तियां, तितलियां, किताबें, मुहब्बत और रेलगाड़ियां इससे कहीं ज़्यादा पुर-इसरार हैं। साये, मेरे मर्ज़ी के तामीरकारों में शुमार होते हैं। जो हमेशा सही समय पर पहुंचते हैं। मेरी तहरीरों की बहुत मुश्किल पेचीदा जज़्बाती महराबों को तामीर करने में मेरी मदद करते हैं।

मैंने अपने भीतर के मुजस्समासाज़ की मदद से वाक़यात के बाहरी पहलू के असली नक्श उभारकर, उनको नावल के हर चौक पर लगा दिया। मेरे भीतर के मुसव्विर ने न सिर्फ़ बुरुश का इस्तेमाल किया है, बल्कि एक कैमरामैन का किरदार अदा करते वाक़यात और जज़्बात की ऐसी तस्वीरकशी की है, जिसके लिए उसने रंगों को तेल की जगह आंसुओं में घोला है।

मैं इस नावल को लिखते वक़्त, एक तवील तिरीं तकलीफ़ से उभरा हूं। मैंने मुहब्बत की तलाश में भटकने वालों के दुखों को भोगा है। लम्बे अर्से में फैले इंतज़ार को तांबे में ढले हुए एक लम्हे की सूरत में देखा है। और तनहाई की लम्बी शामों में उस तम्बई रंग के लम्हे की गूंज में, ख़ाली कमरे की दीवारों पर हैरत भरे मंज़र देखे हैं। तनहाई के इस आलम में कई बार मैंने सायों को फूलदानों में फूल सजाते भी देखा है। मैंने अपने ज़हन की बात मानने से इनकार कर दिया और दिल के रास्ते पर चल दिया। हालांकि मुझे यह बात अच्छी तरह पता थी कि दिल के रास्ते पर चलने वाले मुसाफ़िरों के क़ाफ़िले, बहुत जल्दी लूटे जाते हैं।

मेरा दिल, दरअसल पुराने वक़्तों का वह मुल्क है, जहां के लोगों को फूलों से इस क़दर मुहब्बत हो गई थी, कि उन्होंने अपने वतन की ज़मीन के हर ज़रख़ेज़ टुकड़े पर फूलों की फसल उगा ली थी। और खाने के लिए गेहूं उन्हें दूसरे मुल्कों से लेना पड़ता था।

कहने लगी—यह तो दीवानगी है...

मैंने कहा—मैंने अपने पर लगे दीवानगी के लेबल को उतारने की कभी कोशिश नहीं की। इसलिए कि मेरे नज़दीक जुनून के बिना इंसान

महज़ ख़्वाहिशों से भरा हुआ एक कूड़ेदान होता है। दीवानगी किसी गहरी क़रीबी वारदात की मालूमियत, ज़िक्र और ध्यान के वृक्ष की टहनी पर फूल की तरह खिलती है। यह दीवानगी मेरे नज़दीक इश्क़ का एक मामूली लिबास है। इस दीवानगी के बिना सब कुछ बेकार और औसत दर्जे का होता है।

यह नावल लिखते हुए मैं कई बार मरा हूं। मैंने पत्थरों में छुपे हुए मुजस्समें, मुकद्दस इमारतों की छतों की राज़दारी में आबाद कबूतरों, देर से आने वाले बारिश में भीगे हुए सपनों, तबीयतन उदास वायलिन के सायों से भरे हुए सुरों और मदहोश रंगों की भूल-भुलैया के तवाज़न में मुहब्बत के बेपनाह मौक़ों का पता ढूंढ़ने की कोशिश की है। मैं रास्ता भूले हुए सायों के साथ हम-कलाम हुआ हूं। मैंने बनफशई रंग की तफ़्तीश से ज़िंदगी के पहलू दरयाफ़्त किए हैं। इस सारे अमल में इतना अर्सा तो लग ही जाता है।

कहने लगी—अगर ऐसा है तो तेरे इस नावल को पढ़कर पहले की तरह फिर बहुत-सी नज़्में और कहानियां लिखी जाएंगी। पर अगर इस नावल को मुहब्बत की ज़िंदगी का वज़ीफ़ा मान लिया जाए, तो फिर वे सारे जनाज़े?

मैंने कहा—यह नावल मैंने दुनिया से ख़त्म होती हुई मुहब्बत को बचाने के लिए लिखा है। मेरे ख़याल में सारे जनाज़े ख़ूबसूरत ज़िंदगी के राज़ थे। जैसे किनारों पर, अंधेरें में लंगर फेंककर ख़ामोश समंदरी जहाज़, जो वहां समंदर का वजूद होने का अहसास देते हैं। जो शख़्स मौत से मुहब्बत नहीं कर सका वह कभी भी किसी से मुहब्बत करने के क़ाबिल नहीं हो सका। जब मैं अपने नावल पर काम कर रहा था, तो मेरा दोस्त अब्दुल हकीम बलोच, जो अपनी अज़ली उदास आंखों की मिकनातीसी गहराइयों

से अनलिखी किसी ख़ूबसूरत मुहब्बत की तरह उभरता है... मुझे उन पहाड़ों में ले गया, जहां मेहरउल्ला मैंगल की दोस्ती किसी पुरजोश दरिया की तरह बहती है। दुश्वार पहाड़ी सिलसिलों में, सदियों पुरानी किसी किताब के, पुराने सीपिया वरके की तरह निकलती एक दूर उदास राहगुज़र के किनारे सरसब्ज़ जज़्बों के झुंडों में सजी मुहब्बत में, अज़ीम अकीदे की पथरीली क़ब्र पर लगे कुतबे पर 'दरगाह शीरी फ़रहाद' के लफ़्ज खुदे हुए थे।

अपने नावल की याददाश्त में चिपकी हुई दो मुहब्बतगुज़ारों की इस साझी क़ब्र से थोड़ी दूर का वह मंज़र मैं कभी नहीं भूल सकता, जो एक मुर्झाई हुई दोपहर, एक ग़मज़दा दीवार, एक साइकिल मकैनिक की इंतज़ार से भरी आंखें, और लोहे की ख़ाली बाल्टी पर सुर्ख़ रंग से लिखे 'आख़िरी दीवाना' के लफ़्ज़ों में सिर्फ़ इतना ही था। मैंने अपने दोस्त मौला बख़्श को, जिसकी घनी मूंछों की उदासी से ढंके हुए चेहरे पर, उसकी आंखों की तनहाई के साए मुहब्बत के फूलों की शानदार फ़स्ल काश्त करने के लिए इंतिहाई साज़गार हैं। इस मंज़र की सबसे ज़्यादा नुमायां 'आख़िरी दीवाना' के लफ़्ज़ों की राज़दारी में शरीक करते हुए कहा था, माज़ी में बसों, ट्रकों और वैगनों के बम्परों पर लिखे दीवाना, परवाना और मस्ताना जैसे लफ़्ज़ों में मुब्तला लोगों के दिलों की धड़कनों को पढ़ा जा सकता था...

पर अब इस बेमुहब्बत मौसम में, मुहब्बत के इन आख़िरी दीवानों को बचाने की ज़रूरत है।

कहने लगी—पर नावल के उनवान 'मुहब्बत: मुर्दा फूलों की सिम्फनी' फिर तो यूं लगता है, जैसे तुमने मुहब्बत को महज़ मुर्दा फूलों की सिम्फनी कहा है।

मैंने कहा—यह ऐसा नहीं, जैसे तुम सोचती हो। इस बात को ज़रा अलहदा और अलग अंदाज़ में देखना होगा। जब आप जुदाई का गीत गा रहे होते हो, तो दरअसल आप किसी के मिल जाने की तमन्ना कर रहे होते हो। यहां मुर्दा फूल की दरहक़ीक़त गुमशुदा मुहब्बत के पुरइसरार सायों की मिसालें हैं। यह उनवान जुदाई की जमा है, जो मिलकर बिछुड़ जाने से वजूद में आता है। या फिर कभी न मिल सकने के कारण हमेशा बरकरार रहता है। फूल जो किसी को पेश नहीं किए जा सके, या किसी के लम्बें इंतज़ार में मुर्झा चुके हैं। अपने उल्टे अमल से गुज़रने के बाद साजिंदों के राग का टुकड़ा बन जाते हैं। तब सोगवार नग़मागीरी की मदद से इंसान के भीतर मुहब्बत की शदीद तलब और तमन्ना को ज़ाहिर कर देते हैं। यह सिम्फनी, जो मुर्दा फूलों की साझी आवाज़ों से अपना आगाज़ करती है, मौसीक़ी के हवाले से, आरकैस्ट्रा की तवील कम्पोजीशन यानी सिम्फनी की सूरत में ज़ाहिर होती है। जो कि मुहब्बत, मौसम के बेजान माहौल में भी मुहब्बत की तलाश और पैग़ाम के जानदार और हरक़तमय मंज़र पेश करती है।

कहने लगी—तो क्या तुम्हारे इस नावल को किसी ख़ास जगह पर बैठकर सिर्फ़ तनहाई में ही पढ़ना मुनासिब है?

मैंने कहा—क्या तुम्हें इस बात का इल्म नहीं कि नित्यप्रति ज़िंदगी की चट्टानों से टकराकर, रूसी शायर मायाकोवस्की की मुहब्बत की नाव टुकड़े-टुकड़े हो गई थी।

कहने लगी—तुम्हारे ख़याल में उम्र-भर की जुदाई उसी पल शुरू हो जाती है, जब मुहब्बत को नज़रअंदाज़ किया गया?

मैंने कहा—दिल की एक भी गाफ़िल धड़कन से मुहब्बत के सेब को कीड़ा लग जाता है...

कहने लगी—अगर ऐसा है, तो फिर मेरे ख़याल में तुम्हारा यह नावल हर उस शहर की सीढ़ियों में बैठकर पढ़ा जा सकता है, जहां नित्यप्रति ज़िंदगी के बेमुहब्बत मौसम में, सपनों से महकती किसी अनदेखे शख़्स का इंतज़ार करने वाली मेरी जैसी कोई एक भी लड़की मौजूद है।

मैंने कहा—पर मैं समझता हूं कि यह नावल दुनिया के किसी भी उस शहर या गांव में बैठकर पढ़ा जा सकता है, जहां कोई भी एक औरत या मर्द, एक अदीब की इस बात पर यक़ीन रखता है कि 'मुहब्बत की रोटी हर रोज़ ताज़ा पकानी पड़ती है।'

ल्युइस नकोसी

अफ्रीकन लेखक ल्युइस नकोसी की यह कहानी जब मैंने पढ़ी उन काग़ज़ों को हाथ में लिए जाने कितनी देर बैठी रही...

यह मुहब्बत की एक उस दिशा से आती हुई कहानी है, जो हमारे देश में घटित नहीं हो सकती थी, किसी अमीर पश्चिमी देश में ही घट सकती थी, जहां एक अमीर औरत हवा-पानी बदलने के लिए एक जज़ीरे पर जाती है, और होटल के कमरे में अकेली बैठी एक रोमांस की वक़्ती बात सोचती है। यह वक़्ती रोमांस किसी को भुलावे में डालने के लिए नहीं है, सिर्फ़ अपने कुछ दिन रंगीन करने के लिए। इसीलिए कहा कि हमारे देश में, हमारी संस्कृति में यह कल्पना की सीमा में नहीं आ सकती थी....

और यह कहानी एक हंसती-खेलती हुई शाम में से गुज़रती जिस मुक़ाम पर पहुंच जाती है, पढ़ने वाला भी अहसास की शिद्दत से कांपता रह जाता है...

होटल का कमरा

सवेरे हल्की फुहार पड़ रही थी जब वह सोकर उठा। अधखुले दरवाज़े से उसने पहली बार देखा कि बरामदे की परली ओर इस होटल के एक कमरे में एक औरत रहती है—उस समय कमरे में खड़ी हुई उस औरत के बदन पर कोई कपड़ा नहीं था।

उसकी नग्नता बिल्कुल बुरी नहीं लग रही थी, शायद इसलिए कि होटल की बोसीदा दीवारों की सीली गंध की भड़क उसके शरीर में बिल्कुल नहीं थी।

बिस्तरे की सिलवटों में से जागे हुए अंगों की गोलाइयों में किसी की पहुंच में आ सकने वाली ख़ास तरह की वासना का कोई संकेत नहीं था। अंगों की गोलाइयां बहुत सुघड़ थीं, पर वे किसी ठंडे पत्थर में से तराशी हुई मालूम होती थीं। सिड बैले को लगा—वह पवित्र है, और निराशा की सीमा तक कुंआरी। इसके आगे उसने कुछ नहीं सोचा, और दरवाज़ा भेड़ लिया।

दिन-भर वह अपने काम में लगा रहा। स्कॉच और पानी उसने अपने पास रख लिया था। दोपहर को वह एक बार उठा, नीचे गया और होटल से कुछ फल ख़रीदकर दस मिनट में लौट आया। कमरे की खिड़की के पास रखी हुई आराम-कुर्सी पर बैठकर वह फल खाता रहा। खिड़की समुद्र-तट की ओर खुलती थी, पर इस समय बाहर कुछ दिखाई नहीं दे रहा था। मेंह ज़ोर से बरस रहा था।

लंदन की ठंडी धुंध से दूर, जिस दिन वह इस टापू में आया था, दिन गर्म और साफ़ थे। समुद्र-तट की सफ़ेद रेत में, लोग अपने शरीर के फालतू कपड़े उतारकर घंटों लेटे रहते थे। कुछ पढ़ते रहते थे, या निश्चल लेटे-लेटे सपने संजोते रहते थे। कभी कोई आइसक्रीम वाला आकर उनकी शिथिलता को भंग कर देता था।

छुट्टियां मनाने जो लोग आए हुए थे उनमें अधिकांश अमरीकन थे। सिड बैले ने यह अनुमान उनके उच्चारण से नहीं लगाया था, न ही उनके आइसक्रीम के शौक से। यह अनुमान उसने आज की नई पीढ़ी के उस बर्ताव से लगाया था, जो किसी भी पहचान की पकड़ में आने से इनकार करता था। मुंह फाड़कर बोलता हुआ उनमें कुछ भी नहीं था, शोख भी कुछ नहीं था, साधारण भी कुछ नहीं था, आडम्बर-युक्त भी कुछ नहीं था। थी एक प्रकार की उदासीनता लिए हुए एक शान, एक बड़ा व्यावहारिक संकोच, और जान-बूझकर दूसरों से भिन्नता का प्रदर्शन। लम्बी और सुनहरी टांगों वाली लड़कियों के पास एक अंदाज़ था—विशेष अवसरों के लिए अपनाया हुआ अंदाज नहीं—कट्टर आचरण के निषेध से उत्पन्न हुआ अंदाज। सिड बैले के विचार में यह वैराग्यपूर्ण मासूमियत और वक़्ती दुनियादारी का एक सुंदर सामंजस्य था, और उसे निजीतौर पर यह अच्छा लग रहा था।

पुरुष, इसके सर्वथा विपरीत, एक सशक्त राष्ट्र का भार निरंतर अपने कंधों पर उठाए दीख पड़ते थे—बिना किसी उत्साह के—दासों के उस स्वामी की भांति जिसमें दासों को हांकने की शक्ति भी समाप्त हो चुकी हो और इच्छा भी। सिर के बाल एकदम छोटे कटाए हुए वे बड़े सलीके वाले दिखाई देते थे। मित्र-लड़कियों से अपनेपन से मिलते हुए वे भले बच्चों क़े समान प्रतीत होते थे, जिन्हें संसार से केवल स्नेह और समझौते की अपेक्षा हो।

सिड बैले ने किसी भी पर्यटक से बातचीत करने से अपने आपको रोक रखा था, क्योंकि छुट्टियों की ऋतु अभी हाल में आरम्भ हुई थी और समुद्र-तट के हल्की रोशनी वाले शराबख़ानों में बैठने का अभी बहुत समय पड़ा हुआ था। अभी वह अपने होटल के कमरे में बैठकर अपने टाइपराइटर की सुरीली खट-खट में ही उलझे रहना चाहता था।

सूर्य-स्निग्ध यह टापू भी अब वह नहीं रह गया था। पहले हल्की-सी फुहार पड़ी थी, फिर बादल बरस पड़े थे और सब पर्यटक मौसमी पक्षियों की भांति अलोप हो गए थे। सिड बैले लगातार अपने काम में जुटा रहा।

और फिर एक दिन सवेरे के समय जब फुहार पड़ रही थी सिड बैले उठा तो उसने देखा—खिड़की की धुंध को चीरकर भी जो वह बाहर देखे तो कुछ दिखाई नहीं देता—पहली बार उसे ऐसा प्रतीत हुआ कि वह उस व्यक्ति की भांति था जो चिरकाल से इस भ्रम में जी रहा हो कि वह एक स्वतंत्र मनुष्य है, और फिर अचानक एक दिन वह दरवाज़ा खोलने लगे तो उसे मालूम हो कि दरवाज़े पर बाहर से ताला लगा हुआ है। एक दूर अकेले टापू के एकमात्र होटल के कमरे की मटमैली एकसारता इस चेतावनी

के लिए काफ़ी थी, पर सिड बैले ने अपने शरीर की और आत्मा की थकन के हाथों किसी भी भय को अनुभव करने की शक्ति खो दी थी। पीड़ा की एक बूसी हुई तह उसके भीतर जम गई थी जिसने उत्साहहीनता के उसके वास्तविक रोग को उससे भी छिपा लिया था, और औरों से भी।

आज सवेरे सामने के कमरे के खुले हुए दरवाज़े में से उसने जिस महिला को कमरे के बीच खड़े हुए देखा था, वह उसे ऐसी लगी थी जैसे वह कोई चीज़ लेने के लिए उठी हो, फिर वह भूल गई हो कि वह क्या लेने के लिए उठी थी, और फिर कमरे के बीच में खड़ी की खड़ी रह गई हो। यह शायद उसकी उकताहट का अंदाज़ था, अपने औरतपन से भी उदासीनता का, जो पहले सिड बैले की आंखों को बहुत आकर्षक लगा था, पर बाद में उसे बहुत उकताने वाला लगा था, क्योंकि उसे ऐसा प्रतीत हुआ कि यह पवित्र दूधिया शरीर उसके अपने अंतर की ऊंघती हुई भूख को नहीं जगा सकता था। उसने दरवाज़ा भेड़ दिया था, अपने काम में लीन हो गया था, पर अचेतन में वह किसी उस गुदकारे शरीर के सम्बंध में सोचने लगा जो उसके लिए हो।

उसने फल खाकर मेज़ के ख़ाने में से स्कॉच की बोतल निकाली, एक गिलास भरकर पिया और फिर खिड़की के निकट पड़ी हुई कुर्सी पर बैठ गया। मेंह इस समय भी बरस रहा था—बाहर देखने पर वह लकीर कहीं दिखाई नहीं देती थी जो धुंध के कारण झुके हुए आकाश को समुद्र-तट से अलग करती थी। सिड बैले के मन में एक पश्चात्ताप-सा आया, पर वह स्वयं चकित था कि यह पश्चात्ताप उसे बुरा नहीं लग रहा था। कुछ पलों के लिए उसे सारी दुनिया से उलाहने के अनुभव का एक संतोष-सा हुआ, और फिर इस भावना को दुलारते अपने जैसी और किसी दुखी

आत्मा से इस भावना को बांट लेने के लिए उसका जी किया। यह समय था जब उसने फिर उस महिला के सम्बंध में सोचा जिसे उसने सवेरे के समय उसके कमरे में देखा था।

उसके काम की गति तमाम दिन धीमी और थका देने वाली थी। बहुत शराब ने भी उसे थका दिया था। वह काम की ओर मुड़ने के स्थान पर फिर वहीं बैठे हुए सवेरे वाली महिला के बारे में सोचने लगा। वह चाहे स्वयं भी इस बात को मान नहीं रहा था, पर उसके कान परले कमेरे में से आने वाले धीमे-से-धीमे खटके की ओर लगे हुए थे—ऐसे, जैसे उसके धीमे-से-धीमे खटके को सुनकर उसे उसके समूचे व्यक्तित्त्व को जान लेना हो—जो उसके विचार के अनुसार अत्यंत निराशाजनक होना था।

उसने अपना दरवाज़ा खोल दिया, पर उसे क्रोध आ गया, क्योंकि दूसरी ओर दरवाज़ा बिल्कुल बंद था। वह कल्पना करने लगा—वह शीशे के सामने बैठी हुई है—शायद इस समय भी कपड़े उतारे हुए—और किसी निकम्मे काम में उलझी हुई है, नाखून रंगने जैसे निकम्मे काम में—या कौन जाने सोयी पड़ी है, कुछ भी न पहने हुए, केवल अपने दूध जैसे रंग के मांस को अपने ऊपर तानकर। उसकी कल्पना सिड बैले को ऐसी-सी लग रही थी—बहुत नरम मांस, किंतु सेक्स-रहित, दूध का रंग, लहू का रंग नहीं, केवल एक सुगंध, कोई पसीना नहीं, एक साफ़-सुथरी निरोग ऐन्टीसेप्टिक महिला, वह किसी पुरुष को कोई भी पीड़ा देने में समर्थ नहीं थी, और सिड बैले एक पीड़ा के लिए तरस रहा था—शायद वास्तविक दर्द के लिए नहीं—पर एक पीड़ा के लिए वह अवश्य व्याकुल था।

वह थका हुआ था, उसे किसी ऐसे अपरिचित व्यक्ति की आवश्यकता थी जिसका चुलबुलापन उसके मटमैले दिनों के मटमैलेपन को और तीखा

कर दे, और उसकी स्मृति में सदा के लिए इन शिथिल छुट्टियों का रीतापन झूलता रहे। रीतापन, सिड बैले की दृष्टि में, पीड़ा से भी बहुत अधिक दुखद था। पीड़ा फिर भी किसी काम की होती है यदि वह किसी मरे हुए बलबले को जगा दे। वह किसी भी पीड़ा को सहेजने के लिए, किसी स्त्री के सम्बंध में या उसके लगाव के सम्बंध में नहीं सोचना चाहता था। पर तब भी वह सोच रहा था कि तीन सप्ताह की इन छुट्टियों से बढ़कर और कोई अच्छा अवसर नहीं हो सकता जिसमें वह एक ग़ैर-ईमानदार इश्क़ करे, जो होटल के बरामदे में एक विदाई-दावत के साथ समाप्त हो जाए और जिसमें एक-दूसरे को जल्दी पत्र लिखने के आधे मन से किए गए वादे हों।

छुट्टियों में होने वाले इश्क़ के बारे में कोई एक हज़ार घटिया फिल्में बन चुकी हैं—उसने सोचा, और फिर किसी एक कहानी का प्लॉट याद आने पर वह उसके दृश्यों को जैसे फिर से देखने लगा—रात पड़ गई, सिड बैले की निराशा और भी बढ़ गई। यह इतवार की रात थी, और सिड बैले के विचार के अनुसार इतवार की रात और सब रातों की अपेक्षा अधिक उबाने वाली होती थी। कई रातें थीं जिनमें उसने प्यार किया था, शराब पी थी, रास्ता चलतों के साथ उलझ गया था, लड़ाई भी की थी—जीवन की ऊब से घड़ी-भर के लिए छूट जाने के लिए—सबसे बड़ी और आवश्यक बात यह थी कि रात को सोते समय अपने विचारों को किसी एक ओर लगाने के लिए उसके पास किसी बात की तसल्ली होनी चाहिए थी।

सात बज गए। वह नीचे होटल में खाना खाने के लिए गया। और उसने देखा कि वह सवेरे वाली महिला—उसके विचार में किसी भी वस्त्र के बिना इस समय काले शिफ़ोन के वस्त्र में, कमरे के एक कोने में पड़ी

एक मेज़ के निकट बैठी हुई थी। वह उसकी मेज़ के पास चला गया—फिर चारों ओर देखता रहा, मानो उससे अच्छी जगह देख रहा हो—फिर वहीं बैठ गया।

"मैं यहां बैठ सकता हूं?" बैठने के बाद उसने पूछा। महिला ने अपने पतले हाथों से अपने माथे पर गिरे हुए बालों को परे हटाया। उसके होंठ इस तरह भिंचे हुए थे, मानो वे किसी भी अपरिचित से कोई बात न करना चाहते हों। उसने 'हां' में अपना सिर हिला दिया और फिर उसी तरह सूप के प्याले में से बेदिली से सूप पीने लगी।

सिड बैले ने फिर बात करने की कोशिश की—"मेरा नाम सिड बैले है, इस होटल में मेरा कमरा आपके कमरे के सामने है, बरामदे के पार।"

उसकी स्याह काली आंखों ने एक लापरवाही के साथ सिड बैले की ओर देखा, और कहा—"फिर? इससे हम हमसाये बन गए या हम-बिस्तर?"

सिड बैले खीझ उठा, कहने लगा—"हमसाये पहले, बाक़ी की बात देखी जीएगी।"

महिला खीझी नहीं, उसने एक जम्हाई ली, और सूप के ख़ाली प्याले को एक ओर कर दिया। फिर उसने आंखों की गहराई में से सिड बैले की ओर देखा और बोली—"ख़ैर, हमारे प्रेसीडेंट का कहना है कि 'किसी भय के हाथों कभी बात करने की आवश्यकता नहीं, पर किसी बात को करने के लिए कभी डरना नहीं चाहिए'।"

सिड बैले को वास्तविक रूप से हंसी आ गई, सचमुच का मज़ा अनुभव करते हुए उसने कहा—"आप अमरीकन हैं?"

"ज़ाहिर है।"

"पर आपके बोलने का लहज़ा अमरीकन नहीं है।"

"मैं हमेशा यूरोप में रही हूं। पर मेरा विचार था कि आप-जैसा व्यक्ति—प्रत्यक्ष रूप से सांसारिक—लहज़े की मदद के बिना भी यह बता सकता था।"

"तो..."

"तो क्या?"

"आप सच में अमरीकन महिला हैं—सेल्फ़ ऐसर्टिव—और जहां कोई झगड़े की बात न हो, वहां भी झगड़ा खड़ा कर देने वाली—यह किसी पुरुष के प्रभुत्व जमा लेने से डरने की निशानी है—इखलाक़ी डर की।"

"इखलाक़ी डर की नहीं, केवल ऊब की, बोरियत की !" उसने सिड बैले की ओर देखा, उसकी आंखों में एक दूरी थी। वह बोली—"आप शायद मेरे पति से भी अधिक मुझे उबा देंगे—न खूबसूरत, न दिलचस्प, और इसलिए न दिन के अच्छे साथी, न रात के।"

सिड बैले के लिए उस महिला की निरंतर निरादरपूर्ण बातों के सामने शांत बैठे रहना कठिन हो गया। महिला की आंखों में रंचमात्र चमक आई, उसने पूछा—"आपका व्यवसाय क्या है?" और फिर ठट्ठा-सा करते हुए बोली—"क्या मैं पूछ सकती हूं?"

"हां-हां, पूछ सकती हैं।" सिड बैले ने ताव खाकर कहा—"मैं नाटक

लिखता हूं। मेरे नाटक यूरोप, अमरीका और कई देशों में खेले गए है।"

वह हंस पड़ी। वह नहीं, केवल उसके दांत हंसे थे। सिड बैले ने पहली बार ध्यान से देखा कि वह बहुत सुंदर थी। बड़ा तराशा हुआ चेहरा, चमकदार काली आंखें और पतली नाज़ुक ठोड़ी। वह जब बात करती थी, उसके स्वर में व्यंग्य आ जाना मानो स्वाभाविक था। बोली—"आपसे मिलकर बड़ी खुशी हुई, मिस्टर बैले ! मेरा नाम हैलन किसिंग है। यह मेरा सौभाग्य है कि मैंने अभी तक आपका कोई नाटक नहीं देखा है। मैं समझती हूं आप 'आवांत गार्द'* होंगे।"

"नहीं, मिसेज़ किसिंग ! मेरे नाटकों में आदि, मध्य और अंत सब कुछ होता है।"

"और समझ भी? कल्पना भी? और आध्यात्मिकता थी? आत्मपरमार्थ के सम्बंध में मैं भी कुछ जानना चाहती हूं। मैं शरीर से भी रोगी हूं, आत्मा से भी। यदि मेरे अंतर में कोई कुछ जगा दे..."

सिड बैले चकित था कि वह जो कुछ कह रही थी, वह स्वाभाविक था या नहीं, यद्यपि उसे यह भी पता नहीं लग रहा था कि उसका अस्वाभाविक कहां था। उसका सवभाव शोख अवश्य था, और तेज़ाब में बुझी हुई ज़बान थी, और इससे भी बढ़कर कुछ था—अक्खड़-सी आत्मा, बहुत ही दृढ़, जो झुक नहीं सकती थी, बहुत ही चैतन्य। बहुत कुछ जानने के लिए वह उत्सुक रहा। उसके मन में आया, काश ! उसका शरीर इतना कोमल न होता, इतना पवित्र न होता।

* आवांत गार्द (Avant Garde) : साहित्य में परा-साहित्य प्रयोग करने वाला।

वे जब मेज़ से उठे, वह मुस्कुराकर कहने लगी—"यह खुशी की बात है कि मेरे सामने के कमरे में एक नाटककार रहता है—आजकल आप कोई नया नाटक लिख रहे हैं?"

"कुछ सोच रहा हूं..."

"क्या?"

"कि आपको बाहर ले जाऊं, बहुत शराब पिलाऊं, और फिर आपको अपने कमरे में आने के लिए मना लूं, उतने समय तक जब तक कि यह मौसम अच्छा नहीं होता..."

उत्तर में मानो वह कुछ सोच रही थी। सिड बैले उसके मुख की चिंता से भरी मुद्रा को बड़ी दिलचस्पी से देखने लगा। उसने कुछ सोचकर कहा—"मैं आपके साथ बाहर चली चलूंगी, लेकिन एक बात मैं आपको बता दूं कि मुझे उबा देने वाले साथ से बड़ी नफ़रत है।"

वे एक नाइट क्लब में जाकर चुपचाप शराब पीते रहे। मेज़ के नीचे उसके पैर से कभी सिड बैले का पैर छू जाता, या उसके हाथ से कभी सिड बैले का हाथ छू जाता—किंतु यह स्पर्श उसमें कुछ जगा नहीं रहा था, इतना भी नहीं कि वह उसके हाथ को इच्छापूर्वक परे भी कर दे। वह सामने स्टेज पर नीग्रो जोड़ों को नाचते देखती रही, एक ऊबे हुए ध्यान से वह एक नीग्रो की बहुत चौड़ी पीठ की ओर देखती रही—चमकती हुई दानवी पीठ की ओर—वह जब अपनी साथिनी के बिल्कुल निकट होकर खड़ा हो गया, हैलन की पतली उंगलियां अपने गले की ज़ंजीर से खेलने लगीं—कुछ घबराकर। नीग्रो के चौड़े-चकले हाथों ने जब नाचती हुई अपनी साथिन की पतली कमर को बांह में लपेटकर अपनी ओर खींचा

तो हैलन के होंठों से एक दुखभरा सांस निकल गया और होंठ कांपकर ज़रा से खुल गए—ऐसे, जैसे उस नाचने वाली के स्थान पर वह स्वयं नाच रही हो—और फिर धीरे-धीरे उसके अपने आपमें सिकुड़ते शरीर ने सहज ही कुर्सी का सहारा लगा लिया, और फिर, जैसे और दर्शक नाच की दाद दे रहे थे, वह भी देने लगी।

सारे समय में ये पल बहुत थोड़े थे। सारे समय वे चुपचाप शराब पीते रहे थे। अजीब-सी ख़ामोशी को तोड़ने के लिए एक बार सिड बैले ने पूछा—"मुझे अपनी ज़िंदगी के बारे में कुछ बताइए। आप जैसी महिला इस दूर सूने टापू में क्या करने आई है?"

"ऐसे टापू में एक ब्याहता स्त्री क्या करने आ सकती है, सिवाय इसके कि एक ऊब उसे यहां ले आए, और रोमांस की एक धुंधली-सी आशा..."

"पर आप रोमांस के लिए उत्सुक स्त्री के समान बिल्कुल नहीं हैं।"

आंखों के ऊपर आई हुई बालों की एक लट को उसने हाथ से परे हटाया, और बोली, "मुश्किल यह हुई कि जैसे ही मैंने अपनी छुट्टियां शुरू कीं, मुझे वे लोग मिलने शुरू हो गए जो मुझसे भी ज़्यादा थके हुए थे, मेरे पति से भी ज़्यादा थके हुए..."

सिड बैले उससे उसके पति के सम्बंध में कुछ पूछना चाहता था, पर उसके स्थान पर उसने यह पूछा—"किसी के चेहरे की तरफ़ देखकर आप किस तरह कह सकती हैं कि वह थका हुआ है?"

"केवल शरीर की थकान नहीं, मेरा मतलब है असली थकान से। जो

लोग कुछ महसूस करने या कोई स्वप्न संजोने के क़ाबिल नहीं रहे, और इसलिए किसी स्त्री के अंदर जवाबी-आग को जगाने के क़ाबिल भी नहीं रहे।"

"मैं..." सिड बैले ने अपना प्रश्न अपने होंठों में ही रोक लिया। वह उत्तर के सत्य को सुनने से डर गया। यह उत्तर स्वयं उसे सबसे अधिक मालूम था।

हैलन ने बड़ी नरम आंखों से उसकी ओर देखा, और सिर को हिलाकर कहने लगी—"मिस्टर बैले! आप यह प्रश्न मुझसे मत पूछिए। आप जानते हैं कि मुझे सच कह देने की आदत है, और अनेक बार सच झूठ से कहीं अधिक निर्दयी होता है।"

"मिसेज़ किसिंग! आपके पास एक विचित्र शिष्टाचार है, शायद बदलाख़ोर।"

"मेरा शिष्टाचार अपने ढंग का है, इसका गुनाह से कोई सम्बंध नहीं है... मेरा मतलब है—अशिष्ट आचरण अपने आपमें गुनाह नहीं है, बल्कि यह खुशी को अनुभव न करने के अंतर्गत आता है—एक सलीके के न होने के अंतर्गत..."

वह और कुछ कहती, पर वह परली ओर देखने लगी थी—नीग्रो नर्तक-युग्मों को खोजने लगी थी—और सामने स्टेज़ को ख़ाली देखकर उसने एक जम्हाई ली और फिर अचानक उठकर खड़ी हो गई। वह जब खड़ी हुई तो नाइट क्लब की मद्धिम रोशनी में उसे देखकर सिड बैले को लगा कि उसकी पूजा होनी चाहिए थी—यही वह चाहती थी—और वह उन सबसे नाराज़ थी जो उसकी पूजा करने के लिए उसके पास अदब से झुककर

नहीं बैठे थे—पर फिर सिड बैले को लगा कि वह इतनी अमानुषिक नहीं हो सकती थी। वह इस प्रकार घायल हुई-सी खड़ी हुई थी मानो वह निष्फल प्रतीक्षा करती रही थी कि एक दिन कोई उजाला इस मानव-चित्र को चमका देगा—मानव-चित्र जो उसके लिए बहुत धुंधला हो गया था। और सिड बैले को सबसे ज़्यादा उसकी इस बात ने प्रभावित किया कि उसने चुपचाप एक त्याग से उस दशा को ग्रहण कर लिया था जो उसके कथनानुसार, खुशी के बिल्कुल न होने की दशा थी। दैनिक जीवन की निरर्थकता—उदाहरण के लिए, एक नाइट-क्लब में एक ख़ाली शाम, ठंडी बीयर बिना स्वाद लिए पी गई, और पास बैठे पुरुष में किसी भी प्रकार के साहस का सर्वथा अभाव। यह सब कुछ एक मजबूत-से-मजबूत आत्मा को भी हिला देने के लिए काफ़ी था। पर सिड बैले ने यह सोचकर अपने आपको दिलासा दे लिया कि उस स्त्री ने उससे बहुत बड़ी मांग की थी—उसने केवल शरीर का स्पर्श ही नहीं मांगा था, कमबख़्त ने आत्मा का स्पर्श मांगा था। और उसे लगा कि उसकी अपनी आत्मा इतनी सीली हुई थी कि किसी की आत्मा में कुछ प्रज्वलित नहीं कर सकती थी, इसलिए वह उस महिला की मांग के बोझ से बरी था।

वापस लौटते समय वे एक लम्बे रास्ते पर चल दिए जो मेंह से भीगा हुआ था, सड़क जगह-जगह से टूटी हुई थी। समुद्र की लहरें तट से टकराकर अपने आपको तोड़ रही थीं। मेंह थम गया था, पर हवा बहुत गीली-सी थी। सिड बैले को गीली हवा का स्पर्श अच्छा लग रहा था, पर हैलन किसिंग को वह कैसा लग रहा था, यह उसके लिए सोच सकना कठिन था। उसने पूर्ण मौन धारण कर लिया था।

सिड बैले के लिए यह आश्चर्य की बात थी कि हैलन ने अपना कोमल हाथ उसके हाथ में दे दिया। उसने अपने आपको संभाला ताकि आश्चर्य

को छिपाने के प्रयास का आभास हैलन को न हो। फिर धीरे से अपनी बांह उसके गिर्द लपेटकर उसने हैलन को गले से लगा लिया। हैलन के शरीर में एक तेज़ झनझनाहट दौड़ गई, सिड बैले यह जान गया, और फिर इस दीवानी खुशी से वह घबरा गया। उसे डर था, कहीं अभी हैलन अपने आपको पीछे न हटा ले पर उसका कोमल शरीर उसी तरह थिरक रहा था—मानो उसके बदन का रोम-रोम एक शक्ति पी रहा हो। सिड बैले के शरीर से उसकी थकान एक कपड़े की तरह उतर गई, और उसकी आत्मा इस आश्चर्य को देखने के लिए जैसे उठकर बैठ गई।

उस रात वह एक बार बिस्तर से उठी, बैले को एक सुखद चैन में, उसी तरह छोड़कर—खिड़की में खड़े होकर समुद्र की ओर देखते हुए उसकी गर्जना को सुनती रही, फिर चुपचाप वापस आकर बैले के पास सो गई और सवेरे तक गहरी नींद में सोती रही।

आने वाले दिन सिड बैले के लिए अत्यंत पूर्ण थे। वह दिन-भर लिखता, शाम हो जाती, फिर भी वह लिखता रहता। वह चुपचाप आती और उसकी मेज़ के पास फर्श पर बैठ जाती।

यह विदा की बेला थी। तीन सप्ताह बीत चुके थे, बिल्कुल वैसे ही जैसे सिड बैले ने कल्पना की थी। पर यह पीड़ा वैसी नहीं थी जैसी उसने सोची थी—वह उसके सामने बैठी हुई थी, दैवी वस्त्र पहने हुए, उसकी ठोड़ी उसके दोनों हाथों पर टिकी हुई थी—घने काले बालों के मध्य में मांग थी, और वे बाल उसके दोनों कंधों पर बिखरे हुए थे। सिड बैले की हड्डियों में एक कम्पन उतर आया और उसे लगा कि यह कम्पन एक मौन भय में परिणत हो गया था। पुरुष इस भय से उस समय परिचित होते हैं जब अचानक उन्हें पता चलता है कि वे एक विशेष स्त्री के अतिरिक्त

दुनिया की किसी स्त्री को नहीं चाह सकते, और वही एक स्त्री उनसे सदा के लिए बिछुड़ने को होती है।

उसकी मौन आकृति के पीछे सारा आसमान डूबते हुए सूरज की लाली से रंगा हुआ था। आधे मन से जल्दी पत्र लिखने के वादे के स्थान पर सिड बैले बिलख उठा—"हैलन, मैं तुमसे प्रेम करता हूं।"

उसने कुछ नहीं कहा। धीरे से सिड बैले को चूमा और जल्दी से सीढ़ियां उतर गई। उसके जाने का समय हो गया था। मेज़ पर आधे भरे हुए गिलास पड़े हुए थे। सूरज जल्दी-जल्दी डूबने लगा और एक बर्फ़ीली ठंड सिड बैले की हड्डियों में उतरने लगी।

सय्यद फ़ागेहागिच

यूगोस्लाव कहानीकार सय्यद फाहतेहागिच की कहानी एक माहौल बांधती है, जमी हुई बर्फ में गिरती-पड़ती एक औरत घर को जा रही हैं...

यह औरत लोना उन लोगों में है जो कल्पना को इस तरह एक सांस में पी जाते हैं कि फिर हक़ीक़त को देने के लिए उनके पास कुछ नहीं रहता...

यह लोना जब कुछ होश में आती है तो अपने पर इल्जामतराशी करती है। अवचेतन मन का कभी ऐसा तकाज़ा भी हो जाता है, कि वहां चेतन मन का दख़ल नहीं हो पाता...

इतनी नाज़ुक जगह को जिस तरह कहानीकार ने लफ़्ज़ों में उतारा है, यह कहानीकार का हासिल है।

लोना : एक नेक पाक औरत

गली की पटरियों पर बर्फ़ जम गई थी। एक अंधेरा, यह हड्डियों को बेधने वाली ठंड, और लोना, एक भली औरत, ऐसे समय में बड़ी ही कठिनाई से पांव धरती चल रही थी। यह हर चीज़ के टूटने-तड़कने का समय था—दिलों के, कदमों के और पानी की नालियों के। वह चाहती थी वह जल्दी से घर के आरामदायक कोने तक पहुंच जाए, पर जनवरी के दिनों में, जब बर्फ़ पर पांव फिसलते हैं, और फिर इतने अंधेरे में, यह 'जल्दी' नहीं चलती।

जैसे-तैसे वह घर पहुंची। सीढ़ियां चढ़ते हुए, और कमरे का दरवाज़ा खोलकर अंदर जाते हुए उसे ख़याल आया—हाय राम ! आज तो मैं शर्म से और संताप से मर जाऊंगी।

अंधेरे कमरे में, सोए हुए मर्द की महक थी। उसने पलंग के पास जाकर धीरे से कहा—"सो रहे हो ? क्यों, बोरिस ! सो गए क्या ?"

इस बहुत नेक औरत, लोना ने, इस मर्द के साथ अनेक बरस बिताए थे। यह जो इस समय भरी जाड़े की रात में बेहोश सोया पड़ा था, लोना

को छोड़कर अकसर दूर घूमने के लिए चला जाया करता था, उन ठंडी पाले की रातों के बारे में उसने कभी नहीं सोचा, घर से दूर ही उसने बहुत समय बिताया था, पता नहीं अकेले, या किसी के संग। पर इस समय उसके निकट ही खड़ी हुई लोना के होंठों पर एक चीख़-सी आ गई—"हाय, मैं कितनी बुरी हूं।"

उसने हाथ आगे बढ़ाया मानो उससे उसे दुलारने के लिए, या बीते हुए समय को वापस लौटाने के लिए। उसका कंधा छुआ, नरम-सी आवाज़ में उसका नाम लिया, मानो कोई घायल सिपाही की दिलजोई कर रहा हो, या पादरी से असीस मांग रहा हो।

"क्यों जी, सो गए?" उसने पूछा।

"सो गया था।" बोरिस ने उत्तर दिया।

"मैंने तुम्हें सोते से जगा दिया, जानते हो क्यों?" लेकिन इसका कोई उत्तर नहीं आया। यह कैसी दुनिया है—लोग भी, घर भी, घर की चीज़ें भी, सब कुछ जम जाता है... अपना महबूब और उसकी आवाज़ भी... तुम पुकारो, उधर से हुंकारा तक नहीं...

"तुम्हें पता है क्या समय हो गया है?" उसने कहा—"देखो, कितनी देर हो गई है।"

"पता नहीं।" उसने उनींदे स्वर में कहा—"मैं बेहोश सो गया था।"

"बोरिस ! आधी रात से भी ज़्यादा हो गई है। आधी रात बीते भी कितना समय हो गया है।"

"फिर मैं बहुत देर पहले सो गया हूंगा... मैं जल्दी सो गया था... पर अभी भी मेरी नींद नहीं टूट रही है।"

"मैं अभी घर आई हूं।"

"अच्छा... कपड़े बदल लो और सो जाओ।"

"पर तुम पूछते क्यों नहीं कि मुझे इतनी देर कैसे हुई?"

पर बोरिस ने सुना नहीं। अंधेरी रात थी। इतने अंधेरे में किसको सुनाई देता है, फिर उस कमरे में जहां न समय था, न उजाला, था सपनों का एक समुद्र, दूसरे पार से पूछा गया प्रश्न किसे सुनाई देता है, जबकि धरती भी चुप और गूंगी थी?

"बोरिंस!" उसने कहा—"बोरिस !" उसने फिर कहा—"रात आधी से भी ज़्यादा बीत गई है, और मैं अभी घर आई हूं।"

"तो क्या हुआ?" उसने जागकर कहा। न जाने वह जाग गया था, कि अभी भी नींद की गहराई में डूबा हुआ था।

"आज राज..." लोना ने कहा। वह अंधेरे में खड़ी थी, और उसकी दृष्टि जैसे पथराई हुई थी—न इधर देखती हुई लगती थी, न परे। ऊपर या नीचे, कहीं भी नहीं। एक बेनाम-सा कुछ था जो इतना भारी और सघन था, और इतने पास कि उसे कोई सूंघ सके, ग्रास की भांति तोड़ सके, पानी की तरह पी सके। "आज रात..." लोना ने कहा—"आज रात मैंने तुम्हारे साथ वफ़ा तोड़ी है।"

"तुम सोती क्यों नहीं?" बोरिस ने पूछा।

"तुमने सुना नहीं मैंने क्या कहा है?"

"सुना है... पलंग पर लेट जाओ और सो जाओ।"

"बोरिस! मैंने तुम्हें बताया कि आज रात मैंने तुम्हारे साथ बेवफ़ाई की है। तुम समझे नहीं? मैं एक ग़ैर मर्द के साथ सोयी हूं।"

"फिर?" बोरिस ने कहा,—"बस, तुमने इसीलिए मुझे सोते से जगा दिया?"

"तुम्हें यक़ीन नहीं आया?"

"नहीं, मैं यक़ीन नहीं करता।"

"पर यह सच है। पता नहीं, कैसे हो गया, पर हो गया।"

वह पलंग की पट्टी पर बैठ गई, और बात बताते हुए उसे लग रहा था मानो हर वाक्य के साथ उसके गले में कुछ अड़ जाता हो—"तुम नहीं जानते, मैं कितनी बुरी हूं, कितनी नीच। मैं सबसे कमीनी औरत हूं। मैंने अपने साथ ही द्रोह किया है। बोरिस ! यह विश्वासघात मैंने अपने साथ किया है। अपने साथ और तुम्हारे साथ मिलकर जो कुछ इन बरसों में बनाया था, उसके साथ।" उसकी आंखों से आंसू बहने लगे।

"बोलो न!" लोना ने फिर कहा—"बोलते क्यों नहीं कि मैंने बहुत नीच काम किया है।" उसने एक आह भरी—"मेरी आत्मा मुझे धिक्कार रही है ।"

वह कहती रही, पर मर्द निश्चल लेटा रहा, मानो किसी और ही दुनिया के सपने देख रहा हो।

लोना बिलख उठी—"कुछ करो, मेरी मदद करो कि मुझे अपना आप इतना निकृष्ट न लगे। कुछ कहो, कुछ करो..."

वह पलंग पर बैठी रही—वह नेक पाक औरत जो आज रात अपने आचरण से डिग गई थी। कमरे में इस तरह बैठी हुई थी मानो अंधेरी रात में किसी अंधेरे जंगल में बैठी हुई हो और उस जंगल में चीड़ के पेड़ों की महक न हो।

कुछ समय बाद मर्द ने कहा—"अच्छा, इस समय सो जाओ, सबेरे बात करेंगे।"

लोना के पास अब कहने योग्य कुछ नहीं था, पर दिन चढ़ने में अभी भी देर थी। सर्दी की रात खिड़की से चिमटकर बैठी हुई थी, नल का पानी जम गया था—बर्फ़ से जम गया होगा। रात अंधेरी थी, बीतने में नहीं आ रही थी। वह सबेरे का इंतज़ार नहीं कर पा रही थी, रात आयु जितनी लम्बी प्रतीत हो रही थी। बड़ी कठिनाई से सवेरा हुआ, बच्चे के जन्म की भांति—सिर्फ़ इस पीड़ा से कराहने वाला कोई नहीं था।

बर्फ़ अभी भी नहीं हिली थी, मानो एक ज़िद पकड़कर बैठी हुई थी। शायद क़ैद हुई बैठी थी। सूर्य में तेज नहीं रह गया था।

"तुम्हें शायद याद नहीं रहा?" लोना ने कहा। सवेरा हो गया था, मर्द शेव कर रहा था, बिजली के रेज़र की चिरक-चिरक आवाज़ आ रही थी। वह पुराने-से कमरे में उसके पास खड़ी थी, फिर भी जैसे कोसों दूर हो।

"क्या नहीं याद रहा?" बोरिस ने पूछा।

"तुम भूल गए मैं रात कितने समय आई थी?"

"हां, सच !"

"तुम्हें सचमुच याद नहीं रहा ?"

"याद है, तुम देर से आई थीं ।"

"बस, इतना ही ? तुम्हें याद नहीं मैंने तुम्हें क्या बताया था ?"

अब सिर्फ़ रेज़र की आवाज़ आ रही थी । लोना बेचैन, पर चुप खड़ी थी । सोच रही थी—यही समय है, सब कुछ बता दूं, और जो बचने लायक रह गया है उसे बचा लूं । कहने लगी—"मैंने तुम्हें बताया था कि मैंने तुम्हारे साथ बेवफ़ाई की है । मुझे खुद को नहीं मालूम यह कैसे हो गया । मैं कुछ ख़रीदने के लिए बाज़ार गई थी । वहां मुझे स्कूल के दिनों का एक दोस्त मिल गया । थकी हुई थी, इसलिए उसके साथ कैफ़े में चली गई । मुझे याद है, वह बड़ी बातें करता रहा । हम हंसते रहे । फिर हम कहीं बाहर चले गए, और ऐसा हो गया । बोरिस ! मैं इसकी वजह से बहुत शर्मिंदा हूं । मेरी मदद करो..."

"तुम फिर ऐसे ही गढ़ रही हो ।"

"गढ़ रही हूं ? मैंने हमेशा तुमसे सच बोला है ।"

वह शेव कर चुका था, मुंह पर लोशन मलने लगा ।

"ऐसी कहानियां तुमने मुझे पहले भी सुनाई थीं । पर वे सच्ची नहीं निकलीं ।"

"हमेशा सच्ची थीं ।" वह बोली—"मैंने जब भी तुम्हें कुछ बताया है, सच ही कुछ हुआ है तब ही । मुझे हमेशा ही अपने ऊपर बड़ी निराशा होती रही है ।"

"मैं तुम पर यक़ीन नहीं करता। मैं पहले भी कई बार ऐसी कहानियां सुन चुका हूं। मैंने उनका पता लगाया था, कभी भी कोई बात सच नहीं निकली। तुम ऐसे ही बैठकर यह गढ़ती रहती हो।"

"मैं हमेशा सच कहती थी, बोरिस ! तुम्हारे सिवा मैंने किसी को नहीं चाहा। पर कई बार मेरे साथ ऐसा हो जाता था, पता नहीं क्यों । और तुम भी मेरे लिए कुछ नहीं करते।"

वह जैकट पहन रहा था। इतनी ठंड में भी वह अभी-अभी बाहर जाना चाहता था। "मैं तुम्हारे लिए कुछ नहीं कर सकता। तुम सब ऐसे ही मन से जोड़ लेती हो। मैं ऐसी औरत के साथ किस तरह रह सकता हूं जो बेसिर-पैर की कहानियां गढ़ती रहे।"

वह उस दरवाज़े में पल-भर के लिए खड़ा हुआ, जिस दरवाज़े में से वह कई बार आ चुका था और कई बार जा चुका था। फिर उसने दरवाज़ा भेड़ते हुए कहा—"नहीं, मैं ऐसी बीवी के साथ ज़िंदगी नहीं काट सकता, जिसे बिना-हुई बातें भी हुई दिखाई देती रहें।" और उसने दरवाज़े के बाहर जाते हुए हमेशा के लिए दरवाज़ा भेड़ दिया।

और वह नेक पाक औरत अकेली रह गई। आंसू उसकी आंखों में भी भर आए, छाती में भी।

जीलानी बानो

चेतन मन पर ख़ानदानी दुश्मनी जब पहरे पर बैठ जाती है, तो किसी मुहब्बत की चिंगारी जाने किन पर्तों में उतर जाती है...

जवानियां ख़ामोशी पहन लेती हैं, बुढ़ापा बर्फ़ झाड़ने लगता है, लेकिन अगर कुछ बचता है तो वही चिंगारी, जो जाने किन पर्तों में बैठी सुलगती रहती है...

'ईमान की सलामती' लफ़्ज़ को जिस तरह जीलानी बानो ने इस्तेमाल किया है, वह एक दिल वाले कहानीकार का हासिल है...

ईमान की सलामती

"हाफ़िज़ जी आए हैं।" अम्मा बी का हिलता हुआ सिर थामकर तक़रीबन उनके कान में घुसते हुए ज़रीना ने सुनाया। हाफ़िज़ जी के आने की ख़बर सुनकर अम्मा बी का रुई की तरह सफ़ेद सिर और डगमगाने लगा। अपनी अफ़यून की डिबिया उन्होंने तकिये के नीचे छिपा दी। हमायल शरीफ़ चौकी पर रखी, और सफ़ेद पलकों पर से बहता हुआ पानी पोंछकर वह पलंग पर अपनी चादर टटोलने लगीं।

उनका पोता सलीम अम्मा बी के इन बूढ़े चोंचलों को सख़्त नापसंद करता था कि पिचहत्तर बरस की उम्र में भंगी-भिश्ती से पर्दा हो रहा है, हाफ़िज़ जी के आने की ख़बर सुनकर चादर टटोली जा रही है, कहीं जाना हो तो तांगे में पर्दे लगाए जा रहे हैं। औरत चाहे अम्मा बी की तरह सूखी नारंगी बन जाए मगर ख़ुशफ़हमी फिर भी उसका पीछा नहीं छोड़ती। अब भला बताइए हाफ़िज़ जी बेचारे ख़ुद आंखों से अंधे, कानों से पट, मगर अम्मा बी उनका आना सुनकर यूं उछली पड़ी जैसे उनका मंगेतर पसंद करने आ रहा हो।

सलीम के बुदबुदाते हुए होंठों को देखकर अम्मा बी समझ गईं कि उन्हें नसीहत की जा रही होगी !

"औरत पर तो क़ब्र के तीन दिन भी भारी होते हैं। ज़िंदगी-भर ग़ैर मर्द ने एक बाल न देखा तो अब तुम्हारी बहनों की तरह सर झाड़, मुंह फाड़, छाती खोले, कैसे मटकती फिरूं ?"

वैसे भी हाफ़िज़ जी तो उनके दुश्मनों में से थे। अम्मा बी के ख़ानदान और खारे कुएं वालों से तो एक ज़माने की अदावत चली आ रही थी, उस ज़माने से जब हाफ़िज़ जी के सकड़-दादा ने अम्मा बी के मकड़-दादा की ज़मीनों पर चरी बुवाई थी। बढ़ते-बढ़ते इस बात में इतनी शाखें फूटीं कि अम्मा बी के दादा ने हाफ़िज़ जी के किसी बुज़ुर्गवार से बीच चौक में खड़े होकर कहा था—"आज से हमारे और खारे कुएं वालों के दरम्यान सारे रिश्ते-नाते बंद। हरामी होगी वह औलाद जो तुम्हारे दरवाज़े पर जाए।"

यह बात उस ज़माने के बुज़ुर्गों के मुंह से निकली थी जब बुज़ुर्ग यूनानी देवताओं की तरह कायनात की सारी चाबियां अपने हाथ में रखते थे। लिहाज़ा सबने हदीस शरीफ़ की तरह इस बात को हमेशा सामने रखा। मरते मर गए, मगर न उनकी बेटी ली, न अपनी दी। वैसे आमने-सामने दरवाज़े हों तो खुशी-ग़मी में शरीक होना ही पड़ता। पड़ोसियों से लड़ने और मिलने की रिवायतें भी निभाई जातीं। बच्चे हैं तो एक आंगन में छप्पक-छप्पा खेल रहे हैं। जवान हैं तो एक-दूसरे की दोस्ती को नीचा दिखाने की फ़िक्र में हैं। बुज़ुर्ग भी ऊपरी जी से मिलते, मगर इस तरह कि भरी महफ़िल में एक-दूसरे की दुखती रग पकड़ने से कभी न चूके।

हाफ़िज़ जी अस्सी के फेर में थे। वह तो कहो अगले वक़्तों की खिलाई-

पिलाई थी कि इस उम्र में भी लाठी पकड़कर गली पार कर लेते थे। बुझते दीये जैसी आंखों पर टूटी कमानियों की ऐनक लगाकर लोगों को पहचानने की कोशिश करते।

हाथ-पैरों में राशा, ज़मीन अपनी तरफ़ बुला रही थी और वह झुकते जा रहे थे। ऊपर से दमा था कि एक-एक पल चैन न लेने देता था। हर वक़्त धौंकनी चलती रहती थी। यूं समझिए कि फ़रिश्तों को जुल देकर जिये जा रहे थे।

मगर आज अम्मा बी ने उन्हें जिस बात के लिए बुलाया था, उसने उनका ठंडा ख़ून खौला दिया था। इतना जोश था कि कहां तो पट्टी से उतरना दूभर था या एक जानिब किसी बच्चे का सहारा लिए, एक जानिब लाठी टेकते, अम्मा बी से मिलने निकल खड़े हुए। खट-खट करते वह अंदर आए तो अम्मा बी की छोटी बहू आगे बढ़ीं कि हाथ पकड़कर रास्ता दिखा दें, मगर उन्होंने हाथ झटक दिया।

"यह घर मेरे लिए नया थोड़ी है, बेटा! मैंने तो इस आंगन में गुल्ली-डंडा खेला है।"

हाफ़िज़ जी की इस बात पर सारा घर हंस पड़ा। क्या यह भी कभी बच्चा थे?... यक़ीन न आता था!

"अच्छी हो?..." वह ख़ुद कानों से पट थे, इसलिए इतने ज़ोर से बोलते थे कि दूसरा बहरा भी सुन ले, चुनांचे बहरी अम्मा बी ने उनकी बात का जवाब देने के लिए जल्दी-जल्दी अपना पोपला मुंह चलाया।

"अच्छे हैं तो कौन-सा तीर मार लिया है। हमारा तो जीना-मरना सब

बराबर है। जाने कौन-सी घड़ी मुक़र्रर है कि आ ही न चुकती।" उन्होंने डगर-डगर हिलती हुई गर्दन को तकिये के सहारे ठहराया और याद करने लगीं कि पहले अपनी दाइमी खांसी का हाल सुनाएं या इख़तिलाज का, पैरों पर वरम की तकलीफ़ बयान करें या गठिया का दुख सुनाएं।

हां, हाफ़िज़ जी को लोगों ने उठाकर पलंग पर ढेर कर दिया तो एक हाय करके लम्बी-लम्बी सांसें लेने लगे।

"ठीक कहते हो, हम-तुम भी अब किनारे आ लगे। अब तो यही दुआ है कि अल्लाह साथ ईमान के उठाए। ईमान मज़बूत है तो पुल सरात भी पार कर लेंगे।" इतने में एक नौकर ने हुक़्क़ा भरकर सामने रखा और नै हाफ़िज़ जी के हाथों में थमा दी।

मगर अम्मा बी ने उनकी पूरी बात न सुनी। कुछ दुनिया से उठाने की भनक कान में पड़ी।

"और क्या—मैं तो यह सोचू हूं कि इस क़यामती वक़्त को देखकर दिल बंद क्यों न हो जाता हमारा?"

वह चुपके-चुपके अफ़यून की डिबिया टटोलने लगीं क्योंकि जम्हाइयों के मारे बुरा हाल था।

"उसकी मसलहत है," हाफ़िज़ जी ने उंगली उठाकर ऊपर दिखाया और हुक़्क़े का घूंट भरकर धुआं छोड़ते हुए बोले—"नमरूद की ख़ुदाई में तो उसने आग लगा दी थी, मगर यह मरदूद तो आसमान पर तुकली लगा रहे हैं। देखती जाओ कैसा क़हर नाज़िल होगा..." बात ख़त्म करके वह यूं चुप हो रहे जैसे इस क़हर के टूटने का इंतज़ार कर रहे हों।

"ऐ तो क्या यह क़हर से कुछ कम है !" अम्मा बी ने हाथ नचाकर उंगली लबों पर रखी—"लड़कियां अपने मुंह से बर मांग रही हैं।"

हाफ़िज़ जी चौंक पड़े। हुक़्क़े की नै हाथ से छूट गिरी, जैसे इस क़हर का पहला पत्थर उन पर आ गिरा हो। यह तो अम्मा बी सफ़ा उन पर चोट कर गई थीं। अभी वह एक ही चोट से संभल रहे थे कि अम्मा बी ने पथराव शुरू कर दिया।

"अब कहां गई वह ऊंची नाकें जो अपनी ज़िद में आके आड़े-आड़े बैल चीर दिया करती थीं। ऐ, जवान हंसते-गाते उठ जाते हैं, मगर अल्ला मियां हमें तो जने क्या-क्या दिखाने को बाकी रखा है।"

लेकिन हाफ़िज़ जी को खांसी के फंदों ने कुछ न कहने दिया, सिर्फ़ बेबसी से हाथ हिलाते रह गए।

अम्मा बी सचमुच जीने से बेज़ार हो चुकी थीं। ज़िंदगी के सारे रंग तो देख डाले—मियां पर हुकूमत की और सास की मार भी खाई, एक जवान बेटे को अपने हाथ से कफ़न पहनाया, दो लड़कों के सिर पर सेहरे बांधे, फिर उनके बच्चों को भी अपने हाथ से दूल्हा बनाया और तीन दामादों की आवभगत की। तीस बरस हुए कि सुहाग की चूड़ियों पर पत्थर गिरा। ज़िंदगी की यह कड़वाहट भी घूंट-घूंट करके पीनी पड़ी। अब वह सारे मोहल्ले की अम्मा बी कहलातीं। आया-गया उनके नूरानी चेहरे को देखकर ठिठक जाता। उन्हें सलाम करके उनकी दुआओं का मुंतज़िर रहता। लोग कहते थे—अम्मा बी अगर किसी को दिल से दुआ दें तो वह ज़रूर पूरी होती थी।

सफ़ेद चांदी-से बालों में छिपी हुई चेहरे की मैली झुर्रियां अम्मा बी

के सब्रो-इस्तक़लाल की कहानियां कहती थीं। उनके चेहरे पर डूबते सूरज की खूबसूरती थी।

अब तो वे दिन आ लगे थे कि वह सारे घर के लिए गर्म दूध बन गई थीं जो न निगला जाता था, न उगले बन पड़ती। उनकी बक-बक, झक-झक से सब बेज़ार थे। मगर कोई माने या न माने, वह हर बात को अपने ज़माने से मिलाकर देखती थीं और लानत भेजा करतीं। नवासों-पोतों के ख़ून में तो ख़ैर फिर मिलावट थी, मगर उनके अपने बेटे-बेटियां भी अम्मा बी के कहे को मज़्ज़ूब की बड़ समझते थे। शायद अल्ला मियां के यहां उनकी उम्र के हिसाब-किताब के काग़ज़ चूहे ले गए थे और वह बस जिए जा रही थीं। अब इसी बात को ले लो। सात पुश्तों से होती चली आ रही थी कि खारे कुएं वालों से रिश्ते-नाते नहीं होते।

मगर आज अम्मा बी के नाख़लफ़ पोते सलीम ने तय कर लिया था कि ब्याह करेगा तो हाफ़िज़ जी की नवासी ग़ज़ाला से। और दोनों के मां-बाप रिश्ता करने को हंसी-खुशी राज़ी थे।

अम्मा बी ने सुना तो सिर पीटने लगीं, चीख़कर सारा घर सिर पे उठा लिया। अपने बेटे के बाज़ू में लटक गईं कि पहले उन्हें क़ब्र में डाल आए, फिर खारे कुएं वालों की बेटी इस चौखट पर चढ़ेगी। अम्मा बी का बेटा भी अभी हाल में प्रोफ़ेसरी से रिटायर होकर घर में आ पड़ा था। रिटायर होने के बाद ख़ानदान को संवारने और पुरानी रिवायतों को निभाने का शौक़ अकसर जागता है। मगर चलती हवा के आगे बंद नहीं बांधे जा सकते। यह बात पिचहत्तर बरस की अम्मा बी न समझ सकीं लेकिन एक रिटायर प्रोफ़ेसर तो समझता है।

मायूस होकर अम्मा बी ने हाफ़िज़ जी को बुला भेजा। वह सारे मोहल्ले की अम्मा बी थीं तो हाफिज़ जी भी अपने ख़ानदान में तबर्रुक के तौर पर रखे जाने वाले बुज़ुर्ग थे। बेटों-बेटियों, पोतों, पड़पोतों को मिलाकर बैठते तो तादाद सौ तक पहुंच जाती थी। वे लोग खुद उन परदेसी सौदागरों को अपने से नीचा समझते थे। दुनिया जानती थी कि अम्मा बी के सकड़-दादा के कोई लकड़-दादा ऊंटों पर मशक लादे कहीं से आए थे। अब वह अपने मुंह से सैयद कहें तो दुनिया को मानना ही पड़ता, वैसे दिल का हाल कौन जाने कि किस खेत की मूली थे ! हाफ़िज़ जी का वश चलता तो दीदा-फटी चकटी-मकटी ग़ज़ाला को ज़िंदा गाड़ देते। मगर ग़ज़ाला पर तो उनके दामाद का भी वश न चलता था।

"वह कोई नासमझ बच्ची थोड़ी है। डॉक्टरी पास कर चुकी है। अपना बुरा-भला सोच सकती है।"

हाफ़िज़ जी ने दामाद को यह बात सुनी तो चकराकर रह गए—"क्या लड़कियों के पास भी दिमाग़ होता है ! वे भी अपने बुरे-भले पर ग़ौर करती हैं !"

उन्होंने लाठी संभाली और चले अम्मा बी के पास।

जब सब एक ही नाव में सवार हों तब इतराना कैसा ! मगर अम्मा बी तो कांटों भरी झाड़ी की तरह उन्हें लिपट गईं। एक तो खांसी के फंदे, ऊपर से अम्मा बी के ज़हर में बुझे हुए जुमलों के लिए अलफ़ाज़ की तलाश, हाफ़िज़ जी तेज़ हवा में कांपने वाले कपड़े की तरह लरज़ने लगे।

"मैं जानता हूं तुम्हारी सब चालें। वही ज़मीनों का इंतकाम ले रही हो ! मगर याद रखो ख़ुद भी क़ब्र में पैर लटकाए..."

लेकिन अम्मा बी ने हाथ उठाकर उनकी बात बीच में काट दी।

"अरे जाओ, बड़े आए क़ब्र के अज़ाब से डराने वाले। पहले अपनी उन खुटनियों को तो रोको जो मासूम बच्चों का रास्ता-घेरती फिरती हैं। उनके लिए भी तो अल्लाह ने कोई सज़ा मुक़र्रर की है जिन्होंने तुम्हारी सफ़ेद दाढ़ी में कालख मली है।"

"म... म... मेरे... मेरी नवासी को कुछ कहा तो... तो..." हाफ़िज़ जी हाथ के इशारे से बात पूरी करने लगे। वकालत कर चुके थे, मगर यूं अम्मा बी की तरह चकफेरियां देने वाले मुख़ालिफ़ वकीलों से पाला थोड़ी पड़ा था।

"ऐ है... बड़े आए ऊंची नाक वाले !" गुस्से के मारे अम्मा बी की सांस फूलने लगी।

"सब जानते हैं तुम्हारी फूफी की करतूत। कौन जाने क्या ऐब था कि ठीकरे की मांग टूटी थी।"

"और तुम्हारे... तुम्हारे..." हाफ़िज़ जी गुस्से के मारे तनफना गए। हाथ उठाकर कुछ कहने की कोशिश कर रहे थे कि हुक़्क़े की चिलम गिरकर टूट गई।

"बस-बस, रहने दो। मेरे ऐब क्या गिनोगे तुम? मैंने अपनी नाक ऊंची रखने के लिए अपने-आपको ख़ाक में मिला दिया है।"

औरत से बहस में कौन मर्द जीता है कि हाफ़िज़ जी जीत जाते। उनकी रगों में जमा हुआ ख़ून शां-शां करने लगा। जी चाह रहा था इस बदज़बान लपूस बुढ़िया को उठाकर कंकर की तरह पटक दें। यूं भी औरत की ज़बान

के सामने मर्द एक ही हथियार इस्तेमाल करता है—क़ुव्वत। मगर आज तो वह हाथ-पांव टूटे हुए मफ़लूज थे। एक क़दम चलना पड़ता तो सहारे के लिए किसी को पुकारते। ज़बान की पटरियां जगह-जगह से उखड़ चुकी थीं। आंखों में स्याह तारे टूटते रहते थे। मर्द को इससे ज़्यादा इबरतनाक सज़ा और क्या मिल सकती है!

शोर सुनकर सब घरवाले अपने-अपने काम छोड़कर आ गए और कह-सुनकर दोनों को ठंडा किया।

"अब आप लोगों के यह दिन हैं कि बच्चों की तरह आपस में लड़ें।"

"और क्या, हाफ़िज़ जी तो हमारे दादा के बराबर हैं।" अम्मा बी की बड़ी पोती ज़रीना बोली।

"अरे, लानत भेजो हम पर! तुम्हारा बस चले तो हमें ज़िंदा गाड़ आओ।" अम्मा बी ने मारे गुस्से के अपना पलंग खसोट डाला।

"यह आजकल के लौंडे—हुंह! आख़िर हम भी तो थे!" हाफ़िज़ जी ने हकलाते हुए कहा और खला में घूरने लगे।

"और क्या—हमारे वक़्तो में तो..." अम्मा बी ने आंखें चुंधियाकर हाफ़िज़ जी को घूरा और धक्का-सा खाकर पीछे को लुढ़क गईं। एक आंसू दुखों के तपते हुए बियाबान में आ गिरा, और एक लम्हे ने अचानक पीछे फैली हुई ज़िंदगी पर यलग़ार की। उन्होंने हाथों का छज्जा-सा बनाकर आंगन में खड़ा हुआ आम का पेड़ देखा जिसकी बौर से लदी हुई शाखें सारे आंगन को घेरे हुए थीं।

यही पेड़ तो था जिसे अब्बा मियां किसी बाग़ से उखाड़कर लाए थे और सब बच्चे उसका 'पपैया' बनाने को झपट पड़े थे। मगर वह बहुत आला क़िस्म के आम का पौधा था, इसलिए अब्बा मियां ने सबका हाथ झटककर अम्मा बी को वह पकड़ा दिया था (जो उस वक़्त नन्ही कहलाती थीं)। वह खुरपी से आंगन में गढ़ा खोदने बैठीं तो पास ही हाफ़िज़ जी भी आ बैठे, जिन्हें नन्ही 'रज्जू भइया' पुकारने की बजाय रयाज़ कहती थी। उन्होंने हाफ़िज़ जी पर एक नज़र डालकर उस खिलंदड़े रयाज़ को याद किया जो उनके हाथ पकड़कर कुएं में झुलाया करता था। मगर उसने कभी अम्मा से रयाज़ की शिकायत न की, हालांकि डर के मारे उसका दम निकल जाता था। न जाने उस वक़्त नन्ही की क्या उम्र थी। मगर इतना तो याद था कि वह बच्चों के साथ खेतों में दौड़ें लगाने की बजाय अब संभल-संभलकर चलने लगी थी। फूफीजान दिन-भर उसे अपने पास बिठाकर सीना सिखाने के बहाने अपने बच्चों के कुरते सिलवाया करती थीं। अगर ज़रा भी टांका टेढ़ा हुआ और फूफीजान ने उसकी पिंडली में सुई घोंपी। मगर इस पर भी वह हंसे जाती थी।

न जाने क्यों आप-ही-आप हंसी आए चली जाती थी। मगर उस रोज़ वह बार-बार अपनी आंखें धनक रंगे दुपट्टे से रगड़ती फिर रही थी। जब रयाज़ ने खुरपी छीनकर ख़ुद गढ़ा खोदना चाहा तो उसने हाथ झटक दिया। इस बात पर रयाज़ को बड़ा ताज्जुब हुआ था। उसने बड़े दुख से नन्ही को देखा जिसकी नथ में मोतियों की तरह आंसू गुंध गए थे। रयाज़ की वह उम्र थी जब आदमी अपने दिल का गुलाम होता है, और दिमाग़ उसे नाफ़रमानी की कोई सज़ा नहीं दे सकता।

खारे कुएं वालों से रिश्ता नहीं हो सकता, यह बात नन्ही को अच्छी तरह मालूम थी। मगर फिर भी वह रयाज़ से हर वक़्त कुछ इमलियां मंगवाए तो अम्मा कब तक ढील दिए जातीं। आख़िर रयाज़ से साफ़-साफ़ कहना पड़ा कि लड़की सियानी हो रही है, घर में खंखारकर आया करो।

रयाज़ ने सुना तो यूं लड़खड़ाकर पलंग पर बैठ गया जैसे टांगें टूट गई हों। अब इसमें क्या रहा था जिसे उठाकर यहां से ले जाता! जब चार हाथ मिलकर आम का पौधा लगा रहे थे तो रयाज़ ने उसे अपने आंसुओं से सैराब करते हुए कहा था—"अगर तुम चाहो तो, नन्ही! मैं ज़िंदगी-भर यहां रह सकता हूं।" और फिर मिट्टी में सने हुए हाथ झटककर उसने जाते वक़्त कहा था—"सोच लेना।"

"तो फिर मत जाओ।" यह बात उसने ऐसी दिलदोज़ चीख़ के साथ कही जो यक़ीनन अर्श को हिला गई होगी, मगर उसके लबों को न हिला सकी।

फिर उसने कुछ न सोचा—क्या लड़कियां भी सोचा करती हैं!

फिर एक दिन गली बाजों से गूंज उठी और सारे मोहल्ले वाले नन्ही की बारात देखने निकल गए, जो रयाज़ के घर ठहराई गई थी। रयाज़ भी गली में आकर आतिशबाज़ी देखने लगा। किसी ने एक अनार को रखकर अंगारा दिखा दिया। अनार पहले ज़रा-सा मुस्कुराया और फिर हंस पड़ा। उसके क़हक़हों के सितारे चारों तरफ़ चमक रहे थे। फिर वे टूटे तारों की तरह अंधेरे को गहरा करके डूब गए। चारों तरफ़ स्याहियां छा गईं। उसने आगे बढ़कर उस अनार को उठाना चाहा तो हाथ जल गया और वह बड़ी देर तक उंगली पकड़े सी-सी करता फिरा।

उस दिन नन्ही ने इतना सोचा, इतना सोचा कि उसके सेहरे में आंसुओं की लड़ियां गुंध गईं। विदा के वक़्त वह अम्मा से लिपटकर ख़ूब रोई थी। "अम्मा ! क्या मैं सचमुच अपना आम का पेड़ छोड़े जा रही हूं?"

उस दिन से रयाज़ ने लड़कियों की चोटी पकड़कर झूला झुलाना छोड़ दिया था। वह लड़कियों को दहकता हुआ अंगारा समझने लगा। लड़कियों की शक्ल देख-देखकर उसे बेनाम-सा खौफ़ होता था जैसे बच्चों को अनजानी चीज़ों से होता है।

उसने फ़र-फ़र क़ुरान-शरीफ़ हिफ़्ज करके मोहल्ले-भर से हाफ़िज़ जी का खिताब पाया। फिर झूम-झूमकर गुलिस्तां-बोस्तां पढ़ डालीं। वह बला का ज़हीन था। उसे पढ़ाने वाले मौलाना ताहिरअली तक कहने लगे कि रयाज़ बेहद ज़हीन है। वह कोई सबक़, कोई बात नहीं भूल सकता।

"क्यों नहीं भूल सकता... ?" वह खौफ़ज़दा होकर मौलाना की सूरत तकने लगा था—"चाहूं तो बहुत-सी बातें भुला दूं।"

वह गोया ख़म ठोंककर मैदान में उतर आया था, मगर मौलाना टाल गए—"अच्छा-अच्छा, चलो, आगे पढ़ो।"

फिर वह मुन्सिफ़ बन गया और दुनिया-भर की क़िस्मतों के फ़ैसले मिनटों में कर डाले। फिर एक दिन मोहल्ले वालों को शहनाई की चीख़ों ने गली में इकट्ठा कर दिया। वह सेहरा संभालता हुआ घोड़े पर सवार हुआ। और फिर किसी ने आतिशबाज़ी का एक अनार चला दिया। अचानक उसे अपनी उंगली में सोज़िश महसूस हुई। फिर यह आग भड़ककर उसके लस-लस करते कपड़ों में लग गई और उसका दम घुटने लगा, और वह लड़खड़ाकर घोड़े पर से गिर पड़ा था। मगर उसकी रेशमी गुड़िया-सी दुल्हन

ने उसके जी पर ऐसे ठंडे फाए रखे कि उस पर ग़नूदगी-सी छा गई थी। इस तरह उसने बड़े अम्नो-सुकून से ज़िंदगी गुज़ार दी।

गर्मियों की दोपहरों में वह अपने बेटे-बेटियों के साथ आम खाने बैठता था तो नन्ही के यहां से आए हुए आमों से उसके दांतों में ऐसा दर्द उठता कि टीसें सारे बदन में फैलने लगतीं—इस पेड़ के फल कैसे खट्टे निकले...?

और नन्ही कभी बरसों में मैके आती थी तो आम के तने से लिपट जाती।

"ऐ अम्मा, जने क्या बात है, अकसर ख़्वाब में देखती हूं कि जैसे मैं हूं और खड़ी इस आम को आग लगा रही हूं।"

ख़्वाब का नाम सुनते ही सब सिरों पर पल्लू डालकर क़िबला रू हो बैठते।

"उई अल्लाह न करे," अम्मा कहती थीं—"याद है साजिदा नन्हीं कंवारपने में इस पेड़ को बच्चों की तरह चाहती थी।"

"फिर दिन-भर मेरा जी डूबा-डूबा रहता..." वह कहे जाती—"कभी बच्चों पर गुस्सा उतारती हूं, कभी उनसे लड़ती हूं, बिचारे चुपके बैठे टुकुर-टुकुर मुझे देखते रहते हैं।"

फिर जब वह बेवा हुई तो हमेशा के लिए इस घर में आ बसी थी। तब एकदम उसे अपनी बुज़ुर्गी का अहसास हुआ था। उसने अपने बच्चों को समझाया कि खारे कुएं वालों से उनका कितना पुराना बैर चला आ

रहा है और उनकी वजह से उसने ज़िंदगी की हर मिठास में कैसी कड़वाहट पी है।

उधर रयाज़ हाफ़िज़ जी से वकील बना, वकील से मुन्सिफ़ बना—नाना बना, दादा बना, और सब मरहलों को तय करके फिर उसी महवर पर आ टिका। मोहल्ले वाले फिर उसे हाफ़िज़ जी पुकारने लगे। वह सिर्फ़ इसी मसरफ़ का रह गया था कि मोहल्ले के बच्चों को क़ुरान-शरीफ़ पढ़ा दे, या कोई मां अपने मन्नतों-मुरादों के बच्चे को लाती थी कि हाफ़िज़ जी उसे दुआ दें, उसकी उम्र भी हाफ़िज़ जी की तरह ला महदूद हो जाए। मुसल्ला पर बैठे, तसबीह के दाने घुमाते हुए वह इस दुनिया की हर चीज़ को गालियां दिए जाते थे। कहते हैं, ईमान की सलामती के लिए उसकी रज़ा पर राज़ी होना ज़रूरी है। मगर वह जाने क्यों कभी सच्चे दिल से अल्लाह का शुक्र अदा न कर सके। नमाज़ पढ़ते में ध्यान बंटने और ग़लत सज़दे करने की आदत बुढ़ापे में भी न गई। वह रात-रात-भर जाग कर तौबा करते, घंटों सज़दे में पड़े नाक रगड़ते—दुनिया के सारे मज़े तो चख डाले, फिर भी दिल सेर क्यों न हुआ, जैसे वह ज़िंदगी-भर एक गिलास ठंडे पानी का इंतज़ार करते रहे हों, और झुंझलाकर वह तसबीह पटक देते।

"बूढ़े तो सभी होते हैं, मगर अब्बा मियां की तरह नाक पर गुस्सा किसी के नहीं रखा होता।" उनकी बहू आजिज़ आ गई थी।

"ऊं हूं, बुढ़ापा है, सठिया गए हैं।" बेटा टाल देता। या फिर कहीं शामत की मारी ग़ज़ाला हंस पड़ती और वह ख़ौफ़ियाकर दौड़ते—"हम पर भी जवानी आई थी, मगर तुम्हारी तरह कुत्ते न बने, इंसानों की तरह शराफ़त से..." उन्होंने बड़े फ़ख्र और गुरूर के साथ बात शुरू की, मगर ख़त्म करने से पहले चाबी-सी ख़त्म हो गई—उधर खांसी के फंदे... तौबा

है..."अल्लाह सबको अपनी हिफ़्ज़ और अमान में रखे।" उन्होंने इंतिहाई तस्कीनबख़्श और अज़ीयतनाक लहज़े में कहा।

फिर अफ़यून की पींग-सी आ गई और कई घंटे उनके दरम्यान से गुज़र गए, इस तरह कि वे दोनों आंखें मीचे जाने कहां-कहां की सैर कर आए।

"अच्छा तो अब चलूं?" उन्होंने चौंककर यूं कहा जैसे सचमुच हवासों में गए हों।

"कहां जाओगे, बैठो.."मगर फिर अम्मा बी को याद आया कि यह बात आज कहने की तो न थी!

"तो मैं जने क्या कह रही थी..." वह सचमुच माथे पर हाथ रखकर सोचने लगीं। ख़यालों का वह अज़दहाम था जैसे लादकर आम पर बौर आया था।

"अब कहना क्या है... !"हाफ़िज़ जी लरज़ते हाथों से लाठी टटोलकर उठने का इरादा करने लगे।

"अब हम-तुम क्या कर लेंगे कहकर..." बात कहते-कहते वह यूं रुके जैसे किसी दर्द में तड़पने वाले को दवा याद आ जाए।

"मैं तो कहता हूं, कर डालो ब्याह इन हरामियों का। ख़ामख़ाह ग़लत-सलत नमाज़ें पढ़ा करेंगे—ईमान तो सलामत रहेगा मनहूसों का... !"

अहमद दाऊद

अहसास की शिद्दत और बात कहने का अंदाज़ ऐसा कि जिसे समय-अकाल भी दूर खड़ा देखता रह जाए, यह कभी-कभी किसी कहानीकार को नसीब होता है, अहमद दाऊद को हुआ है।

मौत के ताज़र हमेशा सासों के दुश्मन होते हैं, लेकिन बात तो उनकी, जिनके अपने सांस, किसी के डूबते सांसों के साथ डूब जाते हैं। दहशतगर्दी के इस दौर में अहमद दाऊद की कहानी 'झील, जंगल, क़दीम बूढ़ा' एक नियामत है...

झील, जंगल, क़दीम बूढ़ा

"अपनी आंखों के सामने... इन गुनहगार आंखों के सामने, मैंने उसे पानी में उतरते देखा। मेरे देखते-ही-देखते, मेरे शोर मचाने से पहले—उसे बचाने से पहले—वह डूब गई। जहां उसका बदन पानी में उतरा वहां थोड़ी देर के लिए लहरों के दायरे बने और फिर बतख़ों का शोर उन लहरों पर फैल गया—सारी झील पे, सारे जंगल में बतख़ों के चीख़ने की आवाज़ फैल गई। उस रात जंगल के सारे परिंदे रोते रहे और—हां, मैं तुम्हें बताना भूल गया हूं, डूबने वाली के साथ जो शख़्स आया था, थोड़ी देर किनारे पे खड़ा रहा—हैरान, गुमसुम। फिर वापिस पलटा और अपनी नीली कार में बैठकर चला गया—वापिस चला गया।"

कई दिनों से हम सुन रहे थे कि एक शख़्स अपनी नीली स्पोर्ट्स गाड़ी में झील पर आता है। जब उसकी कार दरख़्तों के झुंड से ज़ाहर होती है तो वह हॉर्न बजाने लगता है जिसे सुनकर झील के ठहरे पानी में हलचल उठती है कि पानी पर तैरती बतख़ें इस मख़्सूस आवाज़ की मुंतज़र रहती हैं। छुट्टी के दिन की सियाह पहर उनके लिए बुलावे का वक़्त होता है। झील के परले किनारे से लेकर बाईं तरफ़ जहां सनत्थे और कीकर के झुंड

हैं और रास्ते के पास जहां लकड़ी के तख़्ते पड़े हैं, बतख़ों की टोलियां मुंतज़र आशिक़ की बेसब्री के साथ किनारे की जानब लपकती हैं। हॉर्न की आवाज़ सुनकर उनके बोझल बदन सुबक हो जाते हैं और जब वह गाड़ी किनारे पर खड़ी करके चंद बार रुक-रुककर हॉर्न बजाता तो बतख़ों का अंबोह चोंच खोलकर, भारी पर फड़फड़ाकर बेचैनी के साथ अपनी भद्दी कर्कश आवाज़ का तूफ़ान खड़ा कर देता और फिर वह यकदम हाथ हॉर्न से हटा लेता, माथे पर बिखरे बालों को संवारता हुआ गाड़ी से बाहर निकल आता। उसके बाहर निकलते ही बतख़ें एक बार फिर ज़ोर-ज़ोर से चीख़ने लगतीं। तब वह पिछली सीट पर रखी टोकरी उठाता और किनारे के क़रीब आ जाता। और आहिस्ता से टोकरी खोलकर उसमें हाथ डालता और कुछ चीज़ निकालकर आबी परिंदों की तरफ़ फेंकने लगता। शोर मचाती मख़लूक़ पुरसकून हो जाती और पानी के अंदर किनारों पर गिरते चोगे की तरफ़ ध्यान लग जाता। थोड़ी देर के लिए झील पर, जंगल में और उस शख़्स के इर्द-गिर्द ख़ामोशी फैल जाती। लेकिन जूं ही वह जाने के लिए वापिस मुड़ता तो आबी परिंदों का झुंड पानी से बाहर निकल आता, शोर मचाता। करां-करांक के शोर में फैले हुए पंजे और बोझल पर लिए सड़क पर आकर उसकी गाड़ी के चार-चुफ़ेरे फैले जाता और वह बहुत एहतियात के साथ अपनी नीली स्पोर्ट्स स्टार्ट करके आहिस्ता-आहिस्ता आबी परिंदों में राह बनाकर दरख़्तों के झुंड के पास जाकर पूरी स्पीड से गाड़ी दौड़ाता हुआ वापस चला जाता।

उसके जाने के बाद एक घनी सुनसान चुप चारों तरफ़ फैल जाती। स्पोर्ट्स कार में आने वाला शख़्स कौन था?

किसी को पता न था।

उसकी वजीह सूरत, तवील कामत हस्ती में जो राज़ पोशीदा था उसका अपना था। सरासर उसका अपना, ज़ाती-राज़ जो किसी पर अयां न था।

लोगों को सिर्फ़ इतना पता था कि एक शख़्स छुट्टी के दिन सियाह पहर वेले, जब साए क़द निकालने लगते हैं, वहां आता है और उसके हॉर्न की आवाज़ सुनकर बतख़ें शोर मचाती, भागती हुई किनारे पर आ जाती हैं और उसके हाथों का चोगा चुगकर उसकी वापसी तक ख़ुश्क ज़मीन पर खड़ी रहती हैं।

हमें उस शख़्स को देखने की आर्ज़ू थी।

सुना है कि झील और जंगल ज़माने से क़ायम हैं। शुमाल की जानब से आने वाले राजहंस और बगले यहां थोड़ी देर सुस्ताकर जनूब के तपते मैदानों की सिम्त उड़ जाया करते थे। उन ज़मानों में क़ाफ़िले से बिछुड़े लोग दारुलख़लाफ़े के बाग़ी, इश्क़े-ला-हासिल के शिकार बंदे और इश्क़े-ख़ुदा के शिकार दरवेश गाहे-बगाहे इस जंगल से गुज़रते और झील का पानी पिया करते थे। ये बातें हमें उस शख़्स ने बताईं जिसने कहा था :

"अपनी आंखों के सामने—इन गुनहगार आंखों के सामने—मैंने उसे पानी में उतरते देखा, मेरे देखते-ही-देखते, मेरे शोर मचाने से क़बल, उसे बचाने से क़बल वह डूब गई। जहां उसका बदन पानी में उतरा वहां थोड़ी देर के लिए लहरों के दायरे बने और फिर बतख़ों का शोर इन लहरों पे फैल गया। सारी झील, सारे जंगल में बतख़ों के चीख़ने की आवाज़ फैल गई। डूबने वाली के साथ जो शख़्स आया था, थोड़ी देर किनारे पे खड़ा रहा और फिर वापस चला गया।"

हमने उसकी बात का यक़ीन कर लिया कि उसके चेहरे पर सदियों

का सच झुर्रियां बनकर फैला हुआ था। क़दीम बूढ़ा जिसे देखकर हम हैरान हो रहे थे मगर हमें जंगल, झील और उस शख़्स को देखने की आर्ज़ू थी, जो अपनी नीली स्पोर्ट्स कार में आबी परिंदों का रिज़क लेकर आता है, लेकिन बहुत देर हो चुकी थी।

"आपको मेरी बात का यक़ीन नहीं ?"

मैंने ख़िज्र की तरफ़ देखा जो झील पर निगाहें जमाए मछली पकड़ने का सामान खोल रहा था। जवाब न पाकर बूढ़ा बोला :

"मछलियां यहां नहीं होतीं। आपको मायूसी होगी।"

"क्यों ?" हमारे मुंह से अचानक निकला।

"पिछले कई सालों से अजीब-सा हो रहा है शायद ज़मीन की हदबंदी का नतीज़ा है या फिर पानी की बंदर-बांट की वजह से।"

"हम समझे नहीं !"

"पहले तो जंगल जानवरों से खाली हुआ और घोंसले परिंदों से। और फिर मछलियां। आपको मेरी बात का यक़ीन नहीं आएगा।"

"यक़... यक़ीन है"—हमारे लबों से निकला।

"मछलियां, मुर्दा मछलियां पानी पे तैरने लगीं और यूं सारी झील ख़ाली हो गई ।"

"लेकिन ये बतख़ें ?"

"ये तो उसका इंतज़ार करती हैं।"

"कौन? कहां से आता है वह?" ख़िज्र ने बेयक़ीनी से पूछा।

"कोई पता नहीं। न ही कभी पूछा है। मेरा क्या है। मुझे खुद पता नहीं। कोई बुलाए तो बात कर लेता हूं। बैठ जाता हूं। पहले बहुत लोग आते थे। शहर से... बच्चे, बूढ़े, औरतें। ख़ासतौर पर छुट्टी के दिन तो बहुत लोग होते थे। फिर जंगल कटना शुरू हुआ। लोग कम होने लगे। आहिस्ता-आहिस्ता यहां बैरक्स बन गईं। परली तरफ़ जहां बेला था बाघा घूमा करते थे। अब वहां चांदमारी का मैदान है। जगह-जगह बाड़ लगा दी गई। वो सामने देख रहे हो न? बाड़।"

"हां-हां" हमने उधर देखकर कहा जिधर उसने इशारा किया था।

"रौनक़ कम हो गई। लोग जो कम हो गए थे। सारी रौनक़ तो बंदों के दम से है। जगह-जगह बोर्ड लगा दिए गए हैं। वो देख रहे हो न सामने?" उसने फिर हाथ फैलाकर बाज़ू खोलकर इशारा किया।

हमने उसके हाथ की सीध में देखा जहां 'ममनूआ इलाक़ा' का बोर्ड लगा हुआ था।

"अब तो कभी-कभार कोई आ जाता है, या छुट्टी के दिन वह आता है। आज भी आएगा। मगर सुना है कि अब झील भी ख़ुश्क करने वाले हैं। तुम लोग इधर शहर में रहते हो। यह ख़बर कितनी सच है?"

"हम तो मछली के शिकार को आए हैं, या फिर उसको देखने।"

वह हंसा तो उसका बुढ़ापा चंद साल आगे चला गया।

"शिकार—वो तो एक ज़माना हुआ यहां होता था, जब शुमाल के

यख़ इलाक़ों से परिंदे आते थे। जंगल में मोर नाचता था और इधर बैले में हांका लगाने वालों को मैं रस्ता बताया करता।" मैंने ख़िज्र की तरफ़ देखा जो बेयक़ीनी से बूढ़े को तके जा रहा था। उसके दाएं हाथ में मछली का कांटा और बाएं हाथ में डोर का गुच्छा और उसके खुले गिरेबां से बाल झांक रहे थे। बड़ी-बड़ी ख़ूबसूरत आंखों में तजस्सस और बेएतबारी का मिला-जुला रंग था। इस रंग के दरम्यान झील का अक्स डोल रहा था।

"एतबार है। आपकी बातों पर पूरा यक़ीन है। लेकिन यह बताइए कि मछलियां किस हिस्से में होंगी।" ख़िज्र बोला।

"कहीं भी नहीं। तो ज़माने गए ज़ब यहां परिंदे बोला करते थे और जंगल भेड़ियों की गुर्राहट से कांपता था। अब तो चांदमारी के बारूद की बू और जंगल काटने के आरे की आवाज़ के इलावा कुछ सुनाई नहीं देता। अब तो यहां बहुत कम लोग आते हैं जैसे आप आए हैं या वो नीली कार वाला।"

"आज तो छुट्टी का दिन है। हम तो सैर करने आए हैं। हमने बहुत ज़िक्र सुना था इस जगह का और उस शख़्स का जो... और... और..." ख़िज्र ने आहिस्ता से कहा—"और आपका ज़िक्र तो बहुत सना था।"

"झूठ, ग़लत। मुझे पता था कि मेरी बातों का यक़ीन नहीं करोगे। अच्छा बताओ मेरे बारे में आपको क्या पता है?"

हम दोनों ने लाजवाब होकर एक-दूसरे की तरफ़ देखा। ख़िज्र ने बूढ़े से आंखें चुराईं और जल्दी से मछली कांटा पानी की तरफ़ उछाल दिया।

"जवाब नहीं दिया," बूढ़े ने कहा।

"हमें किसी ने बताया था" मैंने कहना शुरू किया—"कि इस झील पर एक बहुत बूढ़ा शख़्स रहता है। हमें बताया गया था कि बावजूद कोशिश के वो आपको यहां से बेदख़ल नहीं कर सके।"

"बेदख़ल नहीं महाजर कहो" बूढ़े ने तसहीह की—"मगर कौन लोग?"

"जिन्होंने यहां जगह-जगह बाड़ें लगाई हैं। हर शै का हुस्न बिगाड़ दिया है। वो आपको निकालना चाहते हैं मगर आप पुराने वक़्तों से यहां रहते चले आ रहे हैं। क्या यह सच है?"

"कुछ पुराने वक़्त! नूह की किश्ती वाला वाक़या तो सामने की बात है। ये जो तख़्ते तुम देख रहे हो ना जिन पर कुछ लिखा हुआ है।" बूढ़े ने रास्ते के पास जहां लकड़ी के तख़्तों पे 'ममनूआ इलाक़ा' के अल्फाज़ लिखे थे, इशारा करते हुए कहा—"ये तख़्ते नूह की किश्ती के हैं।"

"और आप इसमें सवार थे।" ख़िज्र के कांटे में मछली न लगी तो वह जलकर बोला और फिर आहिस्ता-से कहने लगा—"अर्सा बाद कोई सामअ मिला है। मुमकिन है पागलपन की एक क़िस्म यह भी हो कि आदमी ख़ुद को क़दीम बाशिंदा जानकर पुराने वाक़यात से अपना ताल्लुक जोड़े।"

बूढ़े ने उसकी बात सुन ली। मगर बुरा मनाए बग़ैर मुस्कुराकर बोला—"तुम्हारे कांटे में मछली न लगी तो ख़ुद को लगा लेना। अपना शिकार कर लेना। वैसे एहतियात करना आज छुट्टी का दिन है और क्या पता वो लोग भी आ जाएं और तुम दोनों को यहां देखकर पकड़ लें।"

"ऐसे वक़्त आप क्या करते हैं," मैंने पूछा।

"छुप जाता हूं। मैं इस ज़मीन का पुराना मकीन हूं। अभी इस जंगल में मेरे कई घर हैं। छुप जाता हूं। उनके ज़द से बच जाता हूं। एक दफ़ा तो उन्होंने कुत्तों को मेरी तलाश पे लगा दिया। बू सूंघने वाले कुत्ते। कई दफ़ा वो मेरे पांव चाटकर लौट गए। मुझे तो उसकी फ़िक्र रहती है जो बतख़ों को दाना डालने आता है। अब तो यहां वही रह गया है या फिर रातों का रोना।"

"किसका रोना।"

"झील की तह से रात को रोने की आवाज़ आती है। डूब जाने वाली की आवाज़, पानी के अंदर से सिसकियां उभरती हैं। मेरा ख़याल है, उसको याद करके रोती है। उसकी अपनी होगी न। अपने ही तो रोते हैं। और वो भी तो आता है यहां उसकी ख़ातिर। ठीक कह रहा हूं न?"

"बिल्कुल-बिल्कुल !"

ख़िज़्र की डोर पानी में साकत थी।

उस वक़्त सूरज धीरे-धीरे दरख़्तों की ओट में जा रहा था। दूर शहर की आवाज़ें रुक-रुककर घुट-घुटकर हवा के तश्त पर तैरती हम तक पहुंच रही थीं। मुझे वापसी का ख़याल आया। शाम से पहले घर पहुंचना ज़रूरी है। ख़िज़्र को भी यहां आने की क्या सूझी। यह वक़्त मछली लगने का तो नहीं और फिर बूढ़े की बातें क्या पता सच हों।

पिछले कई दिनों से हम शहर से बाहर निकलने की सोच रहे थे। बाहर जाने के लिए इजाज़तनामा ज़रूरी था जिसकी दरख़्वास्त हमने बहुत

पहले दे दी था। बड़ी मुश्किल से इजाज़त मिली थी। जगह-जगह बनी चैकपोस्टों प रोककर तलाशी ली गई। बड़ी कोफ़्त से यहां तक पहुंचे और अब वापसी का मसला दरपेश था कि शाम से पहले घर पहुंचना ज़रूरी है। जबसे अपनों और ग़ैरों की पहचान ख़त्म हुई है शहर में शुबहे की दहशत गश्त करती रहती है। किसी वक़्त भी रोका जा सकता है। सलाख़ों के पीछे बंद किया जा सकता है। लिहाज़ा वक़्त पर घर पहुंचना ज़रूरी है कि वापसी का वक़्त नज़दीक था।

"वापसी का वक़्त हो रहा है ख़िज्र। आओ चलें।" मैंने ज़ोर से कहा कि इस वक़्त सूरज धीरे-धीरे ग़रूब की सीढ़ी उतर रहा था। साए लम्बे होने लगे थे और फ़िज़ा में फैली उदासी मुसामों की राह से बदन में ज़ख़ीरा हो रही थी। मैंने ख़िज्र को फिर पुकारा।

उसने पलटकर बूढ़े को देखा फिर मुझे सरगोशियों में बोला—"आवाज़ें सुन रहे हो??"

हवा के तश्त पर आवाज़ों की कंपकंपाहट थी।

"चच... चले जाओ... छुप जाओ। भाग जाओ।" बूढ़ा हाथ हिलाकर बोला। और फिर एक तरफ़ को तेज़ी से भाग गया। हमने सिर्फ़ उसकी पुश्त देखी जो सनत्थे और कीकर के घने झुंड के पास कहीं ग़ायब हो गई थी।

मेरी बात पर कान धरे बग़ैर उसने बाज़ू से पकड़कर मुझे घसीटा और झील के एक तरफ़ पत्थरों के ढेर के पास ले गया।

नुकीले खुरदरे पत्थर हमारी कोहनियों और टांगों में चुभ रहे थे।

हमारे देखते-ही-देखते चांदमारी मैदान से जीपों का क़ाफ़िला नमूदार हुआ। बड़ी-बड़ी सर्च लाइटें, सर्वे के आलात, आरा मशीनें, जाल और बारूद से भरी पेटियों का क़ाफ़िला झील के परले किनारे पर आकर रुक गया। फिर अगले हिस्से के चंद आदमी निकले। उन्होंने कमाल सरअत (फुर्ती) के साथ आबी परिंदों पर जाल फेंका। न कोई शोर मचा, न किसी परिंदे ने आवाज़ निकाली। एक हौलनाक चुप सियाह पहर के आख़री दमों पर फैल गई। आबी परिंदों से भरा जाल उन्होंने किनारे की तरफ खींचा और फिर वापस हो लिए।

क़ाफ़िले ने झील के परले किनारे पर पड़ाव का फ़ैसला कर लिया था। झील की सतह पर नुचे हुए पर तैर रहे थे।

नुकीले खुरदरे पत्थर हमारी कोहनियों और टांगों में चुभ रहे थे। हम ख़ौफ़ के मारे एक-दूसरे की पनाह में बैठे थे कि अचानक हॉर्न की आवाज़ ने हमें चौंका दिया।

आज छुट्टी का दिन था।

नीली स्पोर्ट्स कार दरख़्तों के झुंड से नमूदार हुई। हॉर्न की आवाज़ जंगल में फैली, मगर उसका जवाब झील की तरफ़ से गहरी ख़ामोशी की सूरत में आया। किनारे पर आकर रुकी कार से वजीह सूरत तवील क़ामत शख़्स, जिसे देखने की आर्ज़ू थी, बाहर निकला। हैरान, गुमसुम। झील की सतह पर तैरते परों को देखकर उसने पिछली सीट पर रखी टोकरी उठाई और चंद क़दम आगे बढ़कर झील के किनारे पर पानी के पास आ रुका।

हैरान, गुमसुम आंखों के साथ उसने जंगल को देखा और फिर झील की तरफ़ बढ़ने लगा। दरख़्तों की ओट से तलूअ होती शाम में हमने देखा

कि एक शख़्स निहायत सकून के साथ हाथों में टोकरी लिए धीरे-धीरे झील के पानी में उतर रहा है। एक-एक क़दम उठाकर, बग़ैर किसी ख़ौफ़ हिचकिचाहट के, रत्ती-भर शुबहे के बग़ैर एक औलियाई शान के साथ पानी में गुम हो रहा है।

डूब जाने वालों की सिसकियां, झील, जंगल और क़दीम बूढ़े की आहें—उस वक़्त हमें किसी के रोने की आवाज़ आ रही थी

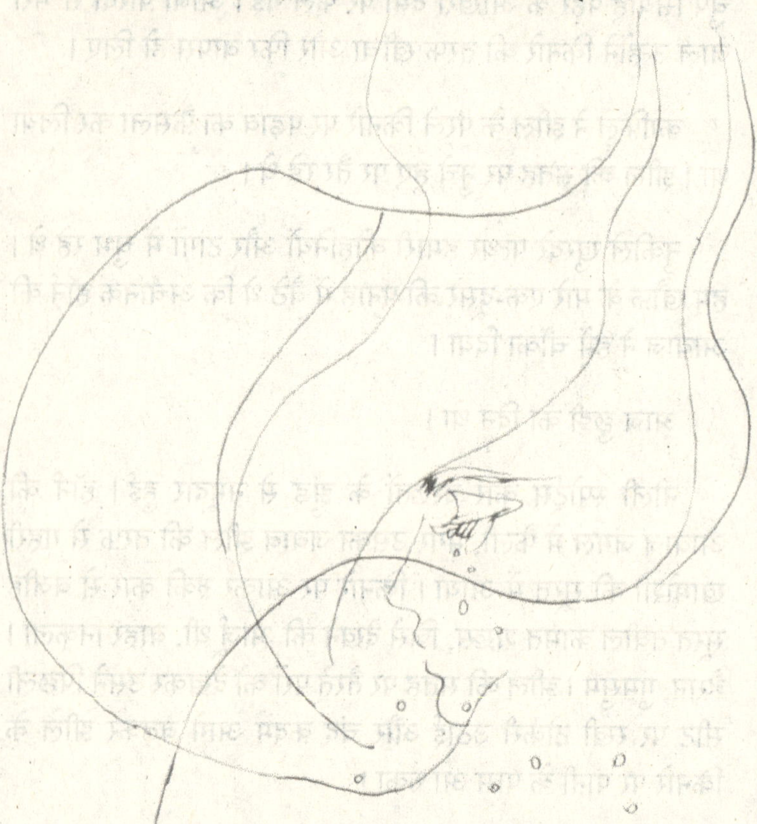